Merlin´s Erzählungen II

AF140531

Episode III

Inhaltsverzeichnis

Widmung an das Leben

Vorwort

„Um zu Überleben sollte man das Leben verstehen.
Wer es nicht versteht, gerät unter die Räder.
Und wer unter die Räder gerät, wird bedürftig.
Ist man bedürftig, hat man das Spiel des Lebens verloren.
Verloren und gedemütigt kämpft man ums Überleben.
Niemand klatscht Beifall, denn man kämpft allein."

(Simon Mihelic, dt.-slow. Autor)

Das Leben zu verstehen ist Unabdingbar und Voraussetzung um es zu bewältigen. Menschen neigen dazu rasch eine Sache zu verurteilen, bevor sie es ganz und gar angenommen haben. Vorurteile sind in der Gesellschaft allgegenwärtig. Sei es in Blicken oder Aussagen. Man ist schneller abgeurteilt als es einem lieb ist. Das Wortgeplänkel danach ist die Freundlichkeit, dass in den meisten Fällen wertlos ist, aber dafür brauchen, um nicht verletzt oder beleidigt zu werden.

Das Leben zwingt uns Erfolg zu haben, weil wir sonst untergehen. Wir müssen Leistung bringen, weil wir sonst nichts wert sind. So das Dogma der Leistungsgesellschaft. Wer keine Bildung hat, hat schon verloren. Denn es verdammt den Menschen zu einer unterbezahlten harten körperlichen Arbeit. Während der Akademiker oft geistige Arbeit verrichtet, und dafür um ein Vielfaches entlohnt wird. Je geistiger die Arbeit, desto ertragreicher füllt sich das Portemonnaie.

So ist das Leben.

In dieser Episode an Geschichten geht es nicht nur um das Leben selbst. Es ist eine Mischung aus verschiedenen Genres, die den Leser vom harten Alltag ablenken soll. Es dient dazu genüsslich sein Wissen und Erfahrungen mit den Geschichten abzugleichen. Vielleicht findet sich der eine oder andere darin wieder. Eventuell schlägt der Lesende am Ende des Buches einfach zu, und sagt sich, „In Vino Veritas, (lat. In Wein steckt Wahrheit).
So wie in diesem Buch...“

Viel Vergnügen beim Lesen wünscht...

Simon Mihelic

Rotenburg (Wümme), den 1.07.2014

Alpha-Mann

Die Natur hat es nicht vorgesehen, dass eine Frau den höchsten Rang einer Gruppe inne hat. Im Tierreich haben stets Männchen das Sagen, wobei bei den Weibchen ein Alpha-Weibchen über die anderen weiblichen Säugetiere das Sagen haben. Aber grundsätzlich ist es das Männchen das über die ganze Gruppe herrscht. Warum in der modernen Gegenwart vermehrt Frauen in die höchsten Ränge in der westlichen Gesellschaft drängen, liegt an der Emanzipationsbewegungen der letzten Jahrzehnte.

Es gab schon eine deutsche Bundeskanzlerin die drei Legislaturperioden regierte, und so einige andere prominente Beispiele. In den Unternehmen sind vermehrt

Frauen in Führungspositionen. Ich halte das für eine gegen die Natur gerichtete Fehlentwicklung. Es gibt einige Gründe warum das Männchen die tragende Rolle in der Führung übernimmt. Der Alpha-Mann denkt und handelt zielgerichteter. Er ist eigenständiger in seinen Entscheidungen, kann sie ergebnisorientiert umsetzen, und ist weniger von emotionalen Abhängigkeiten betroffen. Er handelt hart und entschlossen. Frauen haben das Problem, dass sie jegliche Entscheidungen ausdiskutieren müssen. Sie verzetteln sich in langen in Dialogen, statt in Prozessen der Lösungsfindung entscheidend beizutragen. Wenn es um körperliche und geistige Arbeiten geht, dann glauben sie sehr viel getan zu haben, aber letztendlich tatsächlich ineffektiv gehandelt haben. Sie quatschen unendlich lange um den heißen Brei herum, um das eigentliche Problem dann zu vertagen. Wenn sie ein Konflikt austragen müssen, dann meistens hinten herum. Sie gehen stets einem Konflikt aus dem Weg. Schon viele Männer mussten überrascht feststellen, dass sie von Frauen hinterrücks übergangen bzw. hintergangen wurden. Die Weibchen sind für die Erziehung der Nachkommen zuständig. Das war bisweilen vor gut hundert Jahren noch üblich. Und das ist gut so gewesen. Die Natur wusste aus guten Gründen warum Frauen keine Alphas werden sollten. Wenn wir wider der Natur handeln, dann ergeben sich unausweichlich Probleme.

Ein Alpha-Mann verhält sich dominant. Er stellt sich aufrecht, spricht mit starkem Ton, und vermittelt jedem, dass er der Boss ist.

Gegenüber Frauen ist er der „Macker". Er versorgt sie mit allen Mitteln, die er sich verdient. Die Frau findet im Allgemeinen es bewundernswert, wenn sie versorgt wird. Tut das ein Mann nicht, wird sie irgendwann die Segeln streichen. Oder ihn nicht mehr respektieren. So ist die Natur der Geschlechter. Wenn eine Frau die Alpharolle übernimmt, dann erzeugt das erheblichen Unfrieden in der Beziehung oder Ehe. Darum ist es generell sehr ungünstig, wenn im Beruf eine Frau das Sagen hat, dann in der Partnerschaft durch ihre Rolle Probleme schafft. Daher sind in den überwiegenden Fällen die Alpha-Frauen bestrebt, einen höheren gestellten Mann, der es beruflich weiter geschafft hat als sie, als Partner für sich zu gewinnen. Und das sind schwerwiegende Herausforderungen, die nicht so leicht zu bewältigen sind.

Ich bin der Meinung, dass die Natur uns aus guten Gründen die Rollen der Geschlechter zugeschrieben hat.

Aus einem Auszug der Widerstandsbewegung „Alpha-Mann" im Matriarchat Deutschlands im Jahre 2054.

Brienne´s Biologische Gleichung

Brienne, eine Wissenschaftlerin an einer Universität, hatte eine neue wissenschaftliche Arbeit zusammengefasst. Sie beinhaltete Biologische Gleichungen in der menschlichen Natur.

Während eines Kongresses trug sie ihre wissenschaftliche Arbeit und Ergebnisse dem Publikum vor. Der ganze Vortrag war eine Premiere, die außerordentlich wichtig war.

„Während der letzten Jahre erforschte ich die sozialen Zusammenhänge der zwischenmenschlichen Beziehungen von Männern und Frauen. Bei der Wahl des Mannes für die Beziehung zu einer Frau und umgekehrt sind entscheidende Faktoren beteiligt. Die Faktoren beinhalten Reichtum und Attraktivität. Der Reichtum eines Mannes, und die Attraktivität einer Frau sind mathematisch einer Gleichung unterlegen. Reichtum definiert sich in finanzieller Sicherheit, sowie die Schönheit der Attraktivität. Je reicher der Mann, generell sind es die Männer die das Vermögen besitzen, desto attraktiver scheint er gegenüber dem weiblichen Geschlecht zu sein. Also je höher das Einkommen und das Vermögen, desto mehr Frauen kann er für sich gewinnen, und mit ihnen Kinder zeugen. Und damit sein Genmaterial auf die nächste Generation weitergeben. Sein Einkommen hängt in den meisten Fällen vom Erfolg im Beruf ab. Kurz zusammengefasst bedeutet der Mann de facto ein Erfolgsobjekt für die Frau. Je höher der Erfolg, desto höher ist sein Wert.

Für die Frau selbst ist das Maß aller Dinge ihre Attraktivität. Je attraktiver sie wirkt, desto anziehender ist sie für die Männer. Sie ist de facto ein Sexobjekt für den Mann. Ein Mann möchte instinktiv die attraktivsten Frauen haben. Seine Erfolgsgene sollen darin aufgehen. Weil er mit ihnen schöne Kinder zeugen will. Kann er sich das durch sein Vermögen leisten, dann kann das in bestimmten Situationen funktionieren. Zum Beispiel in arabischen religiösen Gesellschaften und afrikanischen Ur-Völker, sowie bei den Mormonen.

Meine Biologische Gleichung besagt, je reicher der Mann ist, desto weiter kann er in attraktiven Frauen seine Gene verbreiten. Im Umkehrschluss bedeutet das, je ärmer der Mann, desto geringer ist die Chance seine Gene weiterzugeben. Im schlimmsten Fall gar nicht. Kurz um, je mehr

Erfolg, desto mehr kann er sein Erbmaterial verbreiten.

Bei Frauen besagt die Gleichung, je attraktiver die Frau, desto mehr Auswahl an potentiellen Männer stehen ihr zur Verfügung.

In der Regel der erfolgreichste Mann. Im Umkehrschluss bedeutet das, je unattraktiver die Frau, desto geringer ihre Auswahl an erfolgreichen Männern.

Das ist
„Die Biologische Gleichung".

Sekundäre Faktoren spielen dazu eine relevante Rolle. In einer sozialisierten Gesellschaft können durch Erziehung und Prägung auch Rollen von Mann und Frau vertauscht sein. Sowie durch die Geschichte vor 300 Jahren die Attraktivität in der Fettleibigkeit im Barock höchst angesehen wurde. Heute ist das Schönheitsideal die Schlankheit das höchste Maß aller

Dinge. Das Selbstbewusstsein spielt ebenso eine Rolle. Wer schön, aber nicht selbstbewusst genug ist, kann womöglich auch keine Partnerschaft eingehen. Wer objektiv im Allgemeinen hässlich gilt, kann für den einen sehr attraktiv sein.

So relativiert sich die Biologische Gleichung. Diese Relation nenne ich **„Die Erweiterte relative Biologische Gleichung".**

Da gibt es aber noch die große Ausnahme. Ausnahmen, die moralisch höchst wertvoll sind. Wenn eine Frau mit einem erfolglosen Mann eine Beziehung eingeht, weil sie ihn liebt so wie er ist. Wenn so eine Frau noch sehr attraktiv ist, dann gilt die Biologische Gleichung nicht mehr. Und da spielt der menschliche Geist eine große moralische Rolle. Sie würde nicht kippen, wenn die Frau unattraktiv wäre. Dieselbe Moral gilt auch für erfolgreiche Männer, der eine unattraktive Frau nehmen würde. Die Moral kann somit die biologische Gleichung kippen. Dieses benenne ich als **„Die Moralisch unwirksame Biologische Gleichung".**

Die drei Biologischen Gleichungen sind als neues Naturgesetz definiert.

Bei den Säugetieren erleben wir ebenso, sowie anderen Tieren in der Natur, von denen wir abstammen, die dieselben diesbezüglichen Instinkte. Der Löwe, der die größte Beute macht, hat auch den größten Erfolg, und ist der Boss. Der Hirsch, der das größte Geweih hat, ist das Alpha-Tier. Also hat er den größten Erfolg in der Gruppe erlangt. Der Lachs, der bis zur Quelle angelangt, um zu laichen, hat Erfolg, denn die anderen haben es nicht geschafft.

Selbst wenn er danach vor Erschöpfung stirbt.

Zum Schluss das Resümee des Vortrags. Der Mann, oder auch das Männchen in der Natur, ist dazu verdammt Erfolg zu haben, weil er bzw. seine Gene sonst aussterben. Die Frau, auch das Weibchen in der Natur, ist abhängig attraktiv seit ihrer Geburt.
War die Mutter attraktiv, wird sie es auch. Im Umkehrschluss dann nicht. Schließlich überleben die Reichen und Schönen.
Das gesamte Erbgut verjüngt sich somit zum höchsten Erfolg und zur höchsten Attraktivität."

Damit beendete Brienne ihren Vortrag. Nach dem Beifall beantwortete sie noch einigen Zuhörern die Fragen über ihre

Biologische Gleichung. Anschließend fuhr sie nach Hause zu ihrem Mann.

Zu Hause angekommen, begrüßte sie ihn mit einem Kuss. Dann sagte sie ganz forsch zu ihm, sie wolle jetzt ein Kind mit ihm zeugen. Brienne stieß zunächst auf Unverständnis, aber sie erklärte es ihm so, „Mein Vater war fleißig, und hatte ein gutes Gespür für Geld. Meine Mutter war gütig und liebevoll. Mein Bruder ist ein fürsorglicher und gütiger Vater. Mein Onkel ein sehr guter Handwerker. Meine Tante war eine sehr gute Genschichtenerzählerin. Meine andere Tante hatte Zwillinge bekommen. Mein Großonkel war ein bekannter Regionalkünstler in seiner Heimat. All diese Gene habe ich auch in mir. Und darum will ich jetzt ein Kind mit dir!"

Arktis Acht(Zehen)

Arktis war ein Eskimo in einem Fischerdorf an der Meeresküste Grönlands. Eines Tages ging er zu seinem Schamanen, weil ihn etwas sehr belastete. Schamanen waren so etwas wie Naturheilpraktiker und Priester zugleich. Er wollte beichten. Als er so vor ihm am Lagerfeuer saß, begann Arktis zu erzählen.

„Ich war über ein Jahr nicht zur See fischen und robben gegangen. Das lag daran, dass mich niemand auf den Booten dabei haben wollte. Ich erzählte ihnen von meinem Handicap. Das führte dazu, dass sie andere zur See mitnahmen, aber mich ausließen. Ich war frustriert. Meine Frau beklagte, dass sie nur vom Almosen anderer leben müsse.

Also beschloss ich bei der nächsten Mitnahme zur See zu lügen. Ich log, weil ich endlich dabei sein wollte. Und weil ich vor allem Überleben wollte. Ich musste meine Familie ernähren. Seitdem fische und robbe ich wieder. Durch mein Geschick wurde ich schnell anerkannt. Nun, da wir wieder zu einigen Wohlstand gekommen sind, bin ich sehr zufrieden. Aber mein Gewissen plagt mich. Das Gewissen sagt mir, dass ich stets lügen muss, um zu überleben. Was soll ich tun?" fragte er den weisen Mann an der Feuerstelle. Der Schamane schaute ihn von Kopf bis zu den Schuhen genau an, und sagte, „Ich kann weder geistig noch körperlich an dir was sonderbares erkennen. Seelisch belastet dich etwas. Was hast du?" Arktis senkte den Kopf, und erwiderte leise, „Ich habe Acht Zehen."
Es wurde kurz still.

Dann fing der alte Mann zu lachen. Und Arktis lachte aus der Seele befreiend heraus mit. Und so war er geheilt. Und der Schamane sehr zufrieden.

Das zweite Leben

Jasper kam mit vollem Bewusstsein durch den Mutterschoß auf die Welt. Denn er wurde durch göttlicher Fügung wiedergeboren. Es war aber nicht irgendein Gott, sondern in Wirklichkeit ein Alien, der aus den unbekannten Weiten des Weltraums stammte. Für die Menschen war er der Allmächtige, und diese Tarnung sollten die Erdlinge auch in vielen monotheistischen Religionen wahrnehmen. Und Jasper war einer der wenigen, der davon wusste.

In Jaspers Vorleben wurde er kurz vor dem Tod von einem Alien besucht. Akira wie er sich nannte, erzählte nur sehr wenig von seiner Alienspezies. Ihm ging es darum Jasper ein zweites Leben zu ermöglichen. Aber mit der Prämisse, dass er mit all seinen bisherigen Erfahrungen und Bewusstsein wiedergeboren würde. Dass hieße, er könne die zweite Chance dazu nutzen nicht wieder dieselben Fehler zu begehen. Mit freudiger Erwartung stimmte Jasper zu. Als er plötzlich müde wurde, erlag er einem tiefen Schlaf. Der dann langsam zum Tod führte. Akira verschwand wieder ins Nichts wo er gekommen war.

Nach der Wiedergeburt Jaspers wuchs er rasch zu einem Jugendlichen heran. Die Jahre überstand er ohne großes Aufsehen, denn er machte so gut wie nie einen Fehler. Eher waren die Eltern, Verwandten und Freunde erstaunt wie perfekt er sich den anderen und der Umwelt anpasste. Jasper war klug genug gewesen sich nicht durch übereilige Fortschritte in der

Entwicklung zu auffällig zu verhalten. Die Anerkennung genoss er aber insgeheim in vollen Zügen. Das Geschenk des neuen Lebens nahm er achtsam und dankbar auf. „Akira, mein Gott, ich danke dir so sehr!" wiederholte er oft, wenn er alleine war.

Ihm wurde schon in der Schule klar, dass die Bildung die höchste Rendite im Leben bedeutete. Weder Aktieninvestments noch sonstige Geldanlagen brachte einen Menschen zu mehr Reichtum. Denn durch sein Abitur, den er erfolgreich absolvierte, ermöglichte sich sein Studium. Den akademischen Abschluss erreichte er ebenso, sowie einen Job, der ihm ein hohes Gehalt einbrachte. Und mit dem hohen Einkommen konnte er auch erst dann sein Geld in Investmentfonds investieren. Und so vermehrte er sein Reichtum dank den Bildungsabschlüssen.

Das hatte er aber auch seinen Erfahrungen im Vorleben zu verdanken. Was er aber nicht vorher wusste, waren die Erfolgsgeheimnisse, die er schon früh im neuen Leben erkannte. Das waren die „BIG FIVE", sowie einen großen Anteil an Intelligenz. Die „BIG FIVE" waren folgende Charaktereigenschaften:

Er musste seelisch stabil sein. (Dass hieß, sich emotional keine Höhen- und Tiefflüge erlauben.)

Hilfsbereit zu anderen Menschen sein.

Begeisterungsfähig aufgeschlossen gegenüber Neuem sein.

Offen für neue Erfahrungen sein.

Sowie gewissenhaft in
allen Dingen sein.

Die Intelligenz, die zu 80 Prozent von
den Eltern vererbt wurde, waren zur
Hälfte das andere Geheimnis des
Erfolgs. Jasper beherzigte diese
Erfolgsformel.

Eines Tages las er von einem
Marshmallow-Test in einem
Wissenschaftsmagazin. Das war ein
Experiment an Kindern, die sie auf
Erfolg im späteren Verlauf des Lebens
testeten. Man gab einem Kind ein
Marshmallow, und sagte ihm, er
könne es sofort aufessen, oder eine
Viertelstunde warten, um einen
weiteren zu bekommen, den sie
aufessen konnten. Die Kinder, die
warteten, hatten den größeren Erfolg.
Das stellte sich auch später in der
Studie heraus, dass die Kinder mit
der doppelten Menge erwarteten

Süßigkeiten auch beruflich erfolgreiche Menschen wurden. Diejenigen, die keine Geduld hatten, wurden bedeutend weniger erfolgreich. Jasper erkannte, dass sein Vorleben deshalb wenig Erfolg hatte, weil er zur Kategorie „Sofort Aufessen" gehörte. Er hatte im zweiten Leben dazu gelernt. Da gehörte er zu den erfolgreich Geduldigen.

Jasper las auch von einer weiteren Studie, die ebenso interessant war. Dies besagte, dass durch Tests an Kindern der Erfolg weniger durch den Intelligenzquotienten als vielmehr durch den „Biss".
Das bedeutete,
dass der „Biss", die Disziplin und das Durchhaltevermögen ebenso entscheidend für den beruflichen Erfolg waren.

Nach all diesen Erkenntnissen wurde Jasper klar, wenn man sich im Leben behaupten wollte, dann musste der Erfolg auch wie in der Natur der Flora und Fauna, also der Pflanzen- und Tierwelt, sich durchsetzen. Wer Erfolg hatte, bekam auch die Weibchen. Womit der Erfolgreiche seine Gene mit den Nachkommen weitervererben konnte. Das war Darwinismus.

Doch diese Erkenntnisse betrübten ihn auch. Denn sein religiöser Glaube von Nächstenliebe und Vorbehalte gegenüber den Reichtum, die er im Vorleben auslebte, waren ein Gegensatz zu dem was er jetzt war. Da rief Jasper nach Akira so laut durch die Nacht, dass das Alien vor ihm erschien.
„Ich habe gesehen was dich gerade gedanklich beschäftigt. Du siehst dich in einem Konflikt zwischen Glaube an

Gott mit all seinen Dogmas konträr dem Streben und Leben im Erfolg. Erfolg und Reichtum gegen Nächstenliebe und Bescheidenheit. Selbst die erfolgreichen Menschen vermehren sich nur sehr langsam. Während die Bescheidenen vom Kindersegen beglückt sind. Davon gibt es so einige Beispiele. Reiche und arme Staaten. Gehobene Gesellschaftsschichten und soziale Schichten.

Ich bin euer Gott Akira. Wo die Menschen ihren Allah, Jahwe und Gott sehen. Du hast die zweite Chance im Leben bekommen. Du hast sie nun nach dem Erfolg der darwinschen Lehre angenommen, statt wie im ersten Leben nach mir. Es ist im Grunde genommen gleichgültig welchen Weg du nimmst. Jemand sagte mal, was wir hinter uns ließen ist nicht so wichtig wie wir lebten.

Wie zufrieden und glücklich du bist zählt mehr, als das was du tust im Leben." beendete Akira seine Ansicht eines Aliens, die so menschlich und weise klang.

Dann wachte er aus seinem Traum auf. Denn das zweite Leben war eine neue Einsicht, die sein Gehirn im Tiefschlaf verarbeitete. Jasper verinnerlichte seine neuen Erkenntnisse, und schrieb sie später auf.

Und Akira lächelte unsichtbar am Kopfende von Jaspers Bett.

Aus gutem Herzen

Daniels Ansicht nach war das Gefühl ein Herz zu haben je nach Volkszugehörigkeit unterschiedlich.

Daniels südländische Freunde definierten ein Herz zu haben, indem sie Herzlichkeit, Güte, Mitgefühl und Verständnis einem Menschen entgegen brachten. Gastfreundschaft und Großzügigkeit ebenso.

Seine Kollegen aus dem Osten zeigten ihr Herz, indem sie für Menschen ihre Arbeit kostenlos zur Verfügung stellten. Je mehr sie für einen taten, desto mehr zeigten sie damit ihre Liebe.

In Krimis aus dem Norden zeigten die Menschen so gut wie nie das sie ein Herz hatten. Wenn überhaupt, dann nur zu ihrer Familie.

Daniels Kumpels waren Deutsche. Sie definierten ein Herz zu haben, wenn sie zum Beispiel mit Leib und Seele dabei waren. Sei es im Beruf oder im Hobby. Sie dachten grundsätzlich kategorisch, und sehr selten nach Gefühl. Was sie nicht einordnen konnten, war ihnen fremd. Und das Herz ließ sich nicht kategorisieren.

Daniels Mutter erzählte ihm, dass bei seiner Geburt ihre deutsche Hebamme zu ihr sagte,
„Die Deutschen sind so schön wie eine Rose. Aber sie duften nicht."

Ob sie Recht hatte, wusste er nicht. Aber die Erfahrung lehrte ihn, dass es oft stimmte.

Das Narrenspiel

In China gibt es eine Parteidiktatur. In der ehemaligen DDR gab es eine. Während der Nazizeit vor 80 Jahren ebenso. Heutzutage auch. Aber jetzt meinte Adolf es reiche langsam mit den Diktaturen. Und er sprach von der Diktatur in der Welt der Arbeit und Öffentlichkeit.

Wer nichts von Diktaturen weiß, ist unwissend. Wer unwissend ist, hat Angst. Wer Angst hat, wird irgendwann hassen. Und wer hasst, greift dann zur Gewalt, sei es psychischer, physischer oder seelischer Gewalt. Und endet nicht selten in Verrat und Mobbing.

Adolf war gar nicht sein richtiger Name. Er nahm den Namen des fürchterlichsten Menschen des 20. Jahrhunderts an, weil er der Gesellschaft einen Eulenspiegel darstellen wollte. Diese Ironie ergab für ihn einen Sinn, weil er der Öffentlichkeit seinen schrecklichen Namen vor der Nase hielt. Eine Gesellschaft, die faktisch eine Diktatur ist, und niemals wirklich demokratisch war. Ein guter Freund sagte einmal, dass die Meinungsfreiheit eine große Lüge sei. Ein Aushängeschild eines demokratischen Landes mit einer Verfassung, die die Grundrechte der Menschen schützt. Aber nicht wirklich...

Adolf glaubte sich im Feindesland zu sein. Jeder Bürger, außer die Mächtigen und die Reichen, waren im Grunde in einem Status, die sie als

ungefährlich einstufte, sofern sie ihre
Meinung für sich behielten.
Tat jemand seinen Mund auf, indem
er kritisierte, riskierte er seinen
Wohlstand zu verlieren, woraufhin er
seine Arbeit und Anerkennung
in der Gesellschaft verlor.

Im Mittelalter ächtete man
jemanden, wenn er die geltenden
Regeln und Gesetze verletzte. Dass
konnte auch die Kritik am Fürsten
und des Königs sein. Ächtung
bedeutete, jeder freie Mensch im
Reich durfte den Geächteten ohne
Strafe töten. Und obendrauf noch
eine Belohnung kassieren. Adolf war
der Ansicht, dass sei heute nicht
anders. Man wird nicht getötet.
Sondern man verliert seinen Job. Und
damit auch alles andere im Leben.
Der gesellschaftliche Tod in
Anerkennung und Verlust seiner
Besitztümer durch die letztliche

Konfiszierung durch den Gerichtsvollzieher. Dann vom Amt ein Almosen, der denjenigen noch tiefer in Abhängigkeit vom Staat treibt. Die Möglichkeit sich einen neuen Job zu suchen besteht immer, aber je älter man wird, desto irrealer sind die Chancen einen zu bekommen. Nur jung kann man erfolgreich sein. Im Alter erntet man den Erfolg seiner Bemühungen, oder man ist untergegangen.

Ein Untergang durch die Diktatur. Und nur durch die Diktatur indem wir leben.

Dann zog Adolf
ein Narrenkostüm an.
Ging ins Plenarsaal des Bundestages.
Tanzte vor den Nasen der Politiker
ein Narrenspiel.
Das Narrenspiel belustigte alle.

Außer den Bundespräsidenten.
Denn er verstand ihn.
Warum?
Er lebte als Bürgerrechtler in einer
Diktatur.

Arbeitsnazis

Wenn Intoleranz einen Namen hatte, dann war es der Schmieder. Schmieder war ein Chef, der, wenn er mies gelaunt war, seine Untergebenen vor aller Öffentlichkeit zusammenschrie. Wenn er gut gelaunt war, dann genoss er die Speichelleckerei seiner Schutzbefohlenen. Wenn er rauchen ging, dann rannten alle mit. Wer nicht seiner Meinung war, war bei ihm unten durch. Wer nicht mitlief, ging unter.

Einmal in Schmieders Leben gab es einen Untergebenen, der intelligent genug war, die eigens ausgeklügelten Verbesserungsvorschläge im Betrieb umzusetzen. Der Erfolg, der nach sich zog, war deutlich spürbar und sichtbar. Doch Schmieder duldete das nicht, da diese Erfolge seine Autorität und sein Anspruch auf Führung in Frage stellte. Er wurde angeblich wegen Inkompetenz gekündigt.

Der Entlassene verglich das mit einem sehr bekannten Holocaust-Film. In einer Szene schlug eine Jüdin vor ihrer Hinrichtung dem Sturmbandführer die Lösung eines Bauprojekts vor, da sie ihm erwähnte, dass sie Architektin sei. Sie erhoffte sich damit ihr Leben zu retten. Er zog sofort seine Pistole hervor, und schoss sie in den Kopf.
Der Gekündigte erfuhr, dass sein Chef drei junge Töchter hatte. Zu Hause war er ein liebevoller Familienvater.
Auch da verglich er die Methoden mit den „kranken" Verhaltensweisen der Nationalsozialisten
im Dritten Reich.

Während der KZ-Kommandant und seine Angestellten die Juden vergasten, waren sie bei ihren Familien die „Gutmenschen".
Am Beispiel Schmieders können sie keinen rechtsgerichteten Gedankengut haben, aber ihr Verhalten ist extrem narzisstisch und ziemlich psychisch gestört.

Der Autor Heinrich Mann veröffentlichte mit seinem Buchtitel „Der Untertan" einen Protagonisten, der „nach Oben duckt, und nach Unten tritt", so seine Devise.

Nicht anders sind geschasste kreative, innovative und erfolgreiche Angestellte, die aufgrund von pervertierten Chefs ihre Grundlage zum Leben beraubt werden, indem sie ihre Arbeit verlieren, im Grunde Opfer von Arbeitsnazis.

Die Euthanasie-Verschwörung

In einem geheimen Treffen der Vorsitzenden der großen Pharmakonzerne wurde folgendes protokolliert:

Es wurde beschlossen, dass alle Medikamente, die Psychopharmaka, sowie Arzneien, die Erbkrankheiten behandeln sollen einen wichtigen Bestandteil haben sollen. Dieser wichtige Bestandteil soll dazu beitragen, dass man nicht nur erheblich an Gewichtszunahme bekommt, sondern auch die Geschlechtsfunktion so sehr beeinträchtigt, dass sich die Kranken nicht mehr fortpflanzen können. Durch die Gewichtszunahme wird die Attraktivität der Geschlechter stark gemindert, so dass sie größere

Probleme haben einen Partner zu finden. Und durch die Beeinträchtigung der Fortpflanzung, mit der Impotenz der Männer und der sexuellen Unlust der Frauen, erreichen wir eine langfristige Dezimierung der erblich genetisch kranken Menschen in der Welt. Die Überbevölkerung der Menschheit wird eingedämmt. Die Kranken ausgemerzt, und damit ein gesünderes Genmaterial der Menschheit hingearbeitet. Die gesunde Euthanasie ermöglicht eine genetisch saubere Genvielfalt, die von kranken Genen, die aussterben werden, befreit wird.

Die geheime Entdeckung zur Heilung des Krebses wird weiterhin geheim bleiben. Da deren Veröffentlichung die Langlebigkeit der Menschen zur Überbevölkerung beitragen würde.

Ebenso verhält es sich mit dem Medikament zur Heilung gegen das HIV-Virus.

Nächstes geheime Treffen: Wannsee in Berlin.

Bankensklave

„Ich möchte kein Sklave der Banken sein!"sagte Pan zu seinem Freund Val. „Wie kommst du drauf?" erwiderte Val überrascht. „Du hast einen Haufen Schulden von den Banken erworben. Wie kannst du damit leben? Raubt dir das nachts nicht den Schlaf? Ich könnte das nicht." beantwortete Pan die Frage. „Nein. Ich habe durch die Kredite mir meine Wünsche erfüllen können. Ein Haus, ein Auto, ein Hund, und die Familie, die ich mitversorge. Mein Job zahlt die Tilgungsraten und die Zinsen, die verträglich sind, regelmäßig ab. Ich habe keine Probleme damit. Warum hast du welche damit?" erklärte Val sich. Pan dachte kurz nach. Dann begründete er seinen Vorbehalt, „Ich mag es nicht

Sklave der Banken zu sein. Wenn ich einen großen Betrag an Kredit aufnehme, dann zwingt mich die Bank den mit dem Bankengewinn an Zinsen zurück zu zahlen. Und das zu meinen Lasten. Der Gewinn geht an die Bank. Ich habe wegen der Tilgung im Monat weniger Geld zum ausgeben. Ich stehe doch besser damit, wenn ich mein Angespartes, dass statt der Bank zuzuführen, für das Ansparen neuer Konsumprodukte ausgebe. Ich weiß, dass durch das Sparen meine Geduld strapaziert wird. Aber das ist eine Frage der Einstellung. Ich kann auch warten, bis ich mir das Erwünschte kaufe. Ich kann es aber auch verstehen, wenn man auf Pump leben möchte, um sein Prestige bei Freunden und Nachbarn anzuheben. Um im sogenannten Club der gehobenen Mittelschicht eine Rolle zu spielen. Dabei zu sein scheint alles zu sein. Aber das kann ich auch, wenn ich Geduld zum Sparen und damit zum Investieren in Investmentanlagen dazu nutze. Zum Investieren kann man Kredite aufnehmen, um letztlich sein Vermögen zu erhöhen. Man muss nur genug Ahnung und Sachverstand dazu haben. Und vor Betrügern sich in Acht nehmen." „Klar hast du Recht damit. Aber die Wirklichkeit sieht so aus, dass man sein Prestige um jeden Preis beibehalten will. Koste es was es wolle. Und die wenigen Ungeduldigen werden schließlich zum Sklaven der Banken. Mir war es nicht bewusst. Danke mein Freund, denn durch dich habe ich neue Erkenntnisse gewonnen." entgegnete Val einsichtig.

S(ch)einheilig(keit)

Es begann vor 20 Jahren als der Ministrant Salander sich in eine junge Frau gleichen Alters verliebte. Sie war ebenso wie er 20 Jahre jung. Sie kam jeden Sonntag zum Gottesdienst zur Messe, um ihre Firmung in der Kirche öffentlich zur Schau zu stellen. Salander sprach nur wenige Sätze mit ihr. Aber es war ihr Äußeres, die ihn beeindruckte. Aus seiner Sicht war sie wunderschön. So hübsch, als hätte sie einen Heiligenschein über ihren Haupt. Er kannte ihren Namen nicht, aber er freute sich jede Woche über ihr Erscheinen.

Während der Pfarrer so seinen Dienst während der Messe tat, auch die Predigten verkündete, beobachtete er die Gemeinde, also die Gottesdienstbesucher, genau an. Gelegentlich auch seine Angebetete, die in stiller Manier verträumt die mosaikhaften Kirchenfenster anschaute. Salander zog unbewusst kleine Grimassen im Gesicht, weil ihn etwas beunruhigendes durch den Kopf ging. Dabei fiel ihm auf, wie seine Angebetete diese Grimassen wieder spiegelte. Er verstand nicht warum sie das tat. War sie auch in ihn verliebt, mochte sie ihn nicht, oder war es was anderes, was er nicht einschätzen konnte. Salander kam sich veräppelt vor. Also nahm er es nicht ganz so ernst, denn er war ja verschossen in sie. Aber seine eigentlichen ursprünglichen Gedanken waren kritischer Natur. Er wunderte sich, warum viele Gemeindemitglieder und der Pfarrer privat selbst die schickesten Klamotten und edelsten Schmuck hatten, und die tollsten Autos fuhren, aber in der Messe jeden Sonntag die Lehren des Neuen Testaments gepre-

digt bekamen. Wo es um Liebe, Bescheidenheit, Armut, und vor allem, wenn man den Geist und Inhalt der Evangelien verstand, den Reichtum an finanziellen und materiellen Gütern sehr skeptisch, und sogar feindlich anmuten würde. „Es ist leichter, dass ein Kamel durch ein Nadelöhr hindurch geht, als dass ein Reicher in den Himmel gelangt," so die Metapher von Jesus von Nazareth an seine Jünger. Und, „Sammelt Reichtümer im Himmel, statt auf Erden, die ja vergänglich sind im Gegensatz zu den guten Taten, die man „Oben" ansammeln würde."
Das waren die Worte des Messias.

Salander erkannte zum ersten Mal im Leben, dass etwas nicht stimmte. Ihm fiel das Sprichwort ein, der besagte, „Wasser predigen und Wein trinken." Scheinheiligkeit pur.

Nach der Messe traf er nochmals kurz die süße Frau, wollte sie doch noch fragen was das Nachäffen bedeuten sollte. Aber dann traute er sich doch nicht. Es wäre merkwürdig gewesen. Er verabschiedete sich nett, und ging dann nachdenklich zu Fuß nach Hause.

Am nächsten Tag stand er früh auf, um seine Mutter danach zu fragen, warum seine Geliebte ihn spiegelte, wenn er sich so oder so verhielt. Da Salanders Mutter eine einfache Frau war, interpretierte sie es als „Veräppelung". Er war enttäuscht das zu hören. Dann nahm er sein Auto, und fuhr zu einem Bewerbungsgespräch für eine Stelle.
Dort angekommen wurde er sogleich begrüßt. Und die Personalchefin fragte gleich zu Beginn, ob sein Nachname ausländischen Ursprungs sei. Salander beantworte dies lakonisch, „Ja,

meine Vorfahren!" Indirekt stimmte das. Seine Eltern waren Ausländer. Aber er wollte es offiziell nicht zugeben, weil er wusste, dass es Fangfragen waren. Und schließlich zum Ausschlusskriterium führte. Nach weiteren Klärungen um die Bewerbung, verabschiedeten sie sich scheinheilig freundlich voneinander.

Eine Woche später kam die Absage.

Salander war ziemlich angesäuert von alledem was passiert war. Die Kirche, seine Geliebte und die Arbeitgeber, sowie noch viele andere waren schlicht eine Gesellschaft von S(ch)einheiligen. Eine(r) wie jeder andere. Nur Salander nicht..., denn authentisch Sein war für ihn wichtiger als der Schein.

Leo´s Erkenntnisse

„Es nützt nichts zu Jammern, oder allen anderen die Schuld und die Verantwortung für die eigene Misere zu geben", sagte sich Leo in Gedanken. Es brachte keine Verbesserung der eigenen Situation, wenn er seinen eigenen Anteil an der Sache nicht erkannte, und damit den Zorn an andere weitergab. Die Heilung zu sich Selbst konnte nur durch die Erkenntnis gewonnen werden, wenn er die Fehler seines Denkens und Handelns sah, und diese in der Folge an andere zu weitere Gegenfehler verursachten. Hätte er seine eigenen Fehler nicht verursacht, dann wären von der Gegenseite keine entstanden. Die Fähigkeit zu entwickeln, dass zu erkennen, würde Leo für die Zukunft bedeutend helfen, frühzeitig die Konsequenzen

seines Denkens und Handelns zu lokalisieren, um schließlich die „Notbremse" zu ziehen. Damit würden zukünftige Probleme viel weniger entstehen.
Die Wahrnehmung und Bewertung der eigenen Situation dahin führen, dass sie durch weniger verursachte Probleme, eine bessere Realität schaffen würde. Eine Realität, die das Wohlbefinden durch die innere Harmonie steigert, und letztlich mit den Mitmenschen besser verträgt.
„Aber was konnte die eigene Situation stets verbessern?",
stellte Leo sich die Frage.
„Analysiere immer zuerst die Gesamtsituation nach eigenem Gefühl und Denken, und lokalisiere die möglichen Konsequenzen. Passen sie dir in das Konzept was du dir vorstellst, dann tue das Richtige für dein Leben. Bedenke stets dabei, dass du die Verantwortung dafür immer trägst, was du tust, oder unterlässt zu tun. So er-

kennst du den Eigenanteil einer Sache schon im Voraus und im Nachhinein. Und du würdest nie mehr jammern. Weder zornig noch verantwortungslos handeln." Antwortete seine Freundin Delphy in Leo´s Gedanken.

Semper Invictus

Titus schrieb ein Brief an seinen verstorbenen Vater mit folgendem Inhalt:

„Du mein Vater, bist schon lange Tod, und hast uns früh verlassen. Ich habe dich erst spät vermisst, weil es mir schwer fiel Gutes in dir zu sehen. Es gab nicht viel Positives in deiner Erziehung. Deine Stimme war oft kurz, rau und manchmal auch sehr aggressiv. Ich empfand es oft depressiv in meiner Kindheit in deiner Nähe zu sein. Du hast mir wenig erklärt, und wenn es wichtig im Leben wurde, hatte ich keine wesentlichen Infos, die mir in entscheidenden Fragen weiter halfen. Wie ein Frosch im Brunnen glaubte ich die Welt zu kennen, aber die Wirklichkeit sah ganz anders aus.

Du kanntest diese Realität, aber du hast sie uns nie beschrieben. Weder hast du deine Probleme und Schwierigkeiten mit mir erläutert, noch hast du mir gut mit Rat zur Seite gestanden. Deine Aggressionen haben mich oft erschüttert, die mit körperlicher Gewalt manchmal endeten. Aber mich traf diese Gewalt nicht, da ich stets brav gewesen war. Sie traf aber andere.

Du starbst früh im Leben. Und die wenigen Jahre vor deinem Ableben warst du ein gütiger Mensch. Vielleicht weil deine Herzbeschwerden dich läuterten, oder auch weil du in Frührente gingst. Diese Zeit war die einzige Zeit wo ich dich mochte. Nur leider zu kurz, denn dann holte dich der plötzliche Tod.

Du hattest an materiellen Dingen uns alles gegeben. Nur deine Liebe spürte ich nicht. Vielleicht war diese Liebe in Erfüllung meiner Wünsche aufgegangen. Doch es bedeutete mir nicht viel. Deine Klugheit und Weisheit hätte ich gebraucht. Deine Bildung, auch wenn sie gering war, wäre mir ein Licht in meinem Geist gewesen. Deine Liebe zu mir alles an Wärme spüren lassen. Alles an Geist und Herz hätte ich mir gewünscht. Doch es fehlte...

Ich glaube immer noch, dass du in mir einen versagten Sohnemann gesehen hast. Ich wurde krank. Ich verlor Beziehungen. Ich verlor Beschäftigungen. Ich verlor Freunde. Ich verlor alles, außer dich. Du standest mir stets bei im Leben. In allem was ich tat. Dafür danke ich dir immer noch. Ich glaube, du starbst an sehr großer Enttäuschung in mir. Darum gingst du freiwillig und orientiert in den Tod.

Ich bin kein Vater. Aber wenn ich damals einen Sohn gehabt hätte wie mich. Hätte ich es auch getan.

Mehr als ein Jahrzehnt hatte ich Alpträume von dir. Oft träumte ich, du würdest mich beschimpfen. Sehr selten geschlagen. Warum? Ich weiß es bis heute nicht.

Viele Jahre nach deinem Tod habe ich verstanden, dass ich unglaublich stark und einen großen Durchhaltewillen entwickelt habe. So oft wie ich Niederlagen im Leben bestanden habe, so oft bin ich wieder aufgestanden, um im Leben weiter zu machen. Im Kampf war ich sehr mutig und kühn. Oft gefallen, oft auferstanden aus schicksalhaften Ruinen. Unbesiegt ist dann jemand, wenn er niemals aufgibt. Und nach jedem Fall wieder mit Ehre und Stärke weiter macht.

Das war Ich, und das bin Ich."

Semper Invictus ~ Stets Unbesiegt

Askhan

Als Askhan erwachte, erschrak er in dem Augenblick was er gerade um sich herum erkannte. Eine Welt aus einem Blickwinkel, den er in seinem Leben bisher nicht kannte. Er sah sein schwarzes Fell, wo früher menschliche Haut gewesen war. Ein Rattenschwanz am Ende seines Hinterteils, was eindeutig den Schluss nach sich zog das er eine Ratte war. „Was war geschehen?", dachte er sich ganz in heller Aufregung. Askhan war doch ein Mensch gewesen. In Indiens Hauptstadt Dehli genoss er das Leben eines öffentlich angesehenen Politikers. Wie kam es nun zu dieser Verwandlung? Wie auch immer, er krabbelte von der Stelle und sah vor sich ein Scheiterhaufen, den einige Menschen mit trockenem Kleinholz aufstapelten. Darauf sah er sich als Menschen liegen. Bewegungslos wie er den leblosen Körper sah, erstarrte Askhan bei dem Blick und erkannte die kalte Haut des Toten. Sein bisheriges Menschendasein war ein Toter vor der Zeremonie der Verbrennung. Askhan selbst die Ratte in neuem Leben. Hatte ihn ein böser Geist verzaubert? Nach kurzem intensiven Überlegen kam er zu der Erkenntnis, dass er als Ungeziefer wiedergeboren wurde. Im Hinduismus wurden die Lebewesen im Kreislauf des Lebens stets wiedergeboren. Solange bis sie die Vollkommenheit erlangten. Und Askhan wurde bewusst, was er als Politiker getan haben musste, dass er jetzt eine niedere Kreatur ausleben sollte. Ihm war klar geworden, dass er früher heimlich Gelder von Klienten und Beamten einsteckte. Öffentliche Gelder in schwarze Konten zuführte. Profikiller beauftragte, um insgeheim politische Gegner zu liquidieren. Das waren alles sehr böse Dinge, die abseits seines guten Rufes beim Volk geschahen. Seine weiße Weste war stets rein gewesen. Doch welch indische Götter Krishna und wem auch immer musste ihn so gesehen haben wie er tatsächlich war, eine Ratte, keine höhere Kreatur und Lebewesen hatte wohl in ihm gesteckt. Askhan, das Ungeziefer, schlimmer als alle indischen Parias zusammen. Parias waren die unterste menschliche Kaste im Hinduismus. Sie machten die Drecksarbeit der menschlichen Gesellschaft. Askhan Sünden im vorherigen Leben machten ihn zu einem niederen Wesen im jetzigen Leben. Gute Taten wurden zu höheren Dasein im Nachhinein belohnt. Nachdem die Ratte das klar wurde, wurde das Feuer auf dem Scheiterhaufen entzündet. Es brannte allmählich lichterloh in der Morgensonne Dehlis. Die Menschen herum begannen an zu weinen und zu klagen. Und Askhan pfiff seinen hellen Ton von sich, so dass alle anderen Ratten ebenso einen Rattenton von sich gaben. Der menschliche Körper wurde zur kohlverbrannten Leiche. Während diesen Verbrennungsvorgangs wurde auch seine Erinnerungen an sein bisheriges Leben schwächer. Erinnerungslücken kamen plötzlich zutage. „Wer war er nochmal bisher gewesen?", fragte er sich. Die allmähliche Vergessenheit bestürzte ihn. Es machte ihn langsam panisch. Und er piepste hysterisch laut vor sich hin. Die Menschen vor der Küste am Strand waren noch in der Trauerstimmung, als Askhan mit seinen Pfeifen andere Ratten in der Nähe ebenso zum lauten Pfeifen veranlasste. Er spürte ein unbestimmtes leichtes leises Zittern unter den Krabbelfüßen. Askhan pfiff noch lauter, so in Panik versessen, dass er nicht be-

merkte wie die Menschen das Ungeziefer als Warnzeichen begriffen.
Askhan verstand die Menschen nicht
mehr, denn sein Gedächtnis des Men-
schendaseins verschwand zusehends.
Die Masse der Trauernden ging dazu
über sich vom Strand zu entfernen.
Alle anwesenden Gäste waren ver-
schwunden. Nur noch ein heftiger
Wind durchzog die Küste entlang.
Die Ratten, Vögel und andere Tiere
rannten und flogen landeinwärts hinaus. Askhan folgte den verstreuten
Tieren und Menschen. Sein letzter Gedanke war, dass er wohl diese Mas-
senpanik verursachte. Die Ursache
diesen Übels. So wie er als Politiker
handelte. Das Böse unter der Sonne.
Dann war es vorbei. Keine Erinnerung mehr an das frühere Leben. Alle
Lichter aus. Nur noch das Rattenda-
sein...

Einige Stunden später kam das Tsunami an der Küste heran gezogen. Eine gewaltige Lawine an Wassermassen, turmhoch und unüberschaubar, prallte am Strand hinauf. Die Ratte sah aus der Ferne von einem großen Hügel diese Naturkatastrophe an. Es bewegte sein Schnauzer in die Lüfte. Alle Tiere und Menschen hatten sich zuvor in Sicherheit gebracht. Die Katastrophe nahm seinen Lauf. Und verebbte wieder. Keine Opfer waren zu sehen. Hinter der Ratte, auf dem grünen saftigen Hügel, kam ein Junge hervor. Er hatte einen spitzen Spieß in der rechten Hand. Die anderen Jungs neben ihm blieben so wie er ruhig und zielgerichtet still in Wartestellung. Plötzlich durchbohrte der Spieß des Jungen die Ratte. Die Ratte starb sofort auf der saftigen grünen Wiese, weit abseits der vergangenen Naturkatastrophe. Dann schrie der Vater zu dem Jungen, „Lass die Ratte in Ruhe!" Aber die Ratte war schon tot. So kurz war sein Rattenleben. Ein Tag im Leben einer Ratte. Zuletzt ohne Gedächtnis und Bewusstsein. Ein vermeintlicher Antiheld, der unwissend zum Helden und Retter der Menschen wurde. Nur indem er den ersten schreienden Pfiff von sich gab, der wie eine Lawine die anderen Ratten ebenso zum Pfeifen brachte, und letztendlich alle Menschen zur Flucht veranlasste, und damit sich vor dem Tsunami retteten.

Kurze Zeit später...

Ein schreiendes Baby erblickte die Welt hinaus, während die Hebamme es nass und blutverschmiert aus dem Schoße der Mutter hervor holt. Ein neues Leben begann...

Gottesanbeterin

Das Jahr 33 nach Christus, irgendwo in Jerusalem.
Spät abends in einem kleinen Saal fanden sich die Jünger zu einem bedeutungsvollen Abendmahl zusammen.

Joshua sah ihn an und sagte, „Tu das, was du tun musst." Und der angesprochene Jünger ging aus dem Zimmer hinaus.

Er durchlief die engen Gassen der Lehmgebäude hindurch, um eilig den Tempel der Stadt aufzusuchen. Der große Tempel aller Juden in Judäa war ein heiliger Ort, wo die Gläubigen ihren Gott Jahwe in Gebeten und Opferfesten huldigten. Auch vor dem bevorstehenden Pessachfest. Der Jünger, ganz in Schwarz gehüllt, huschte geradewegs zu den Tempelwachen. Er wollte die Hohepriester sprechen, weil er einen kühnen Plan verfolgte. Als er zum Hohepriester Kaiphas vorgelassen wurde, verriet er den Aufenthaltsort Joshuas und seiner Jünger. Denn die Elite der hohen jüdischen Amtsträger hatten ein Auge auf diesen selbsternannten Messias Joshua. Sie fürchteten ihn, weil er die Massen aufwiegelte, indem er seltsame antijüdische Lehren verbreitete. Die heilige Stadt Jerusalem brodelte in Erwartung des bald eintretenden Aufruhrs, den sie nur durch das Ausschalten des Aufrührers verhindern konnten. Der Jünger, der für seinen Verrat 30 Silberlinge bekommen sollte, führte zunächst die Tempelwachen, judäische Soldaten, zum Garten Gethsemane, wo Joshua und seine Getreuen sich aufhielten. Sein kühner Plan war im Grunde genommen eine Herausforde-

rung an die Macht Gottes
und seines Sohnes.

Insgeheim erwartete er, dass bei der
Ergreifung des Messias die ganze
Kraft Gottes gegen die Soldaten zu-
schlagen würde. Und somit die Anhänger Joshuas und das jüdische Volk
gegen die römischen Besatzer entgegen treten würden. Ein Aufstand, der
das unterdrückte Volk befreien und
letzlich die wiederhergestellte Unabhängigkeit von Rom einführen sollte.
Joshua und eine Jünger sollte dies die
Herrschaft über Judäa sichern. Der
verwegene Plan, so dachte sich der
Verräter, hatte somit einen glorrei-
chen Ausgang für die Anhänger des
neuen Glaubens. Und der Messias
würde zum neuen Herrscher und König von Judäa werden.

Als die Soldaten nun im Garten auftauchten, sahen die versammelten Jünger ihren Verräter ankommen. Er ging mit einem erwartungsvollen, glückseligen Lächeln auf Joshua zu und küsste ihn auf die Wange. Das war das Zeichen für die Wachen, wen sie festnehmen sollten. Die Jünger flüchteten panisch aus dem Garten. Nur einer von ihnen, Petrus, erhob seinen Dolch und schlug einem der Soldaten das Ohr ab. Joshua ging rasch zwischen die beiden, hielt Petrus zurück und ermahnte ihn, „Wer mit dem Schwert tötet, wird eines Tages durch das Schwert getötet werden." Dann nahm er das abgetrennte Ohr in die Hand, und setzte es dem verletzten Soldaten an der verletzten blutenden Schläfe wieder an. So, als wäre keine Verletzung am Leib passiert.

Ein Wunder, aber nicht das erhoffte Wunder, welches sich der Verräter gewünscht hätte. Blitz und Donner, Gott und alle Engel des Himmels sollten doch jetzt heranstürmen. Aber der Sohn Gottes stieß mit einer einmaligen, unsichtbaren Kraft die Wachen zu Boden, bevor sie ihn festnahmen. Joshua wehrte sich nicht mehr. Der verräterische Jünger war schockiert und sehr enttäuscht. In der Starre verharrend bekam er sogleich seine 30 Silberlinge in einem Lederbeutel in die Hand gedrückt.

Als er nun allein im Garten war, wurde er zunehmend verzweifelter und hoffnungsloser. Der Lederbeutel mit den darin befindlichen Silberlingen wurde plötzlich zu einem kleinen Haufen Insekten. Das Gewicht dieser entschlüpften Insekten nahm enorm zu. Die Schwere der kleinen Tiere rissen die Hand, schließlich auch den Arm zu Boden, so dass er sich ungewollt auf dem Boden wälzte. In Panik und lautem Geheul schrie er in die sternenklare Nacht hinein. Aber niemand erhörte seine Hilferufe. Die Erde tat sich auf und verschluckte den erbärmlichen Leib des schreienden Rufers in die Finsternis des Unterbodens.

Dann war nur noch Stille und Ruhe an diesem unheimlichen Ort. Eine kurze Dunkelheit in den Augen eines Verräters, der scheinbar im Nichts verschwand.

Judas

„Judas, Judas...! Du Kind der Prophezeiung der väterlichen Propheten. Du hast alles erfüllt was du tun musstest. Unwissend darüber, dass du ein Werkzeug von mir warst. Unschuldig hast du dich schuldig gemacht. Die Schuld und die Last, die noch an dir haftet, verbringst du von nun an als Gottesanbeterin auf Erden. Kriechen sollst du auf dem Boden, aber unerhörte Reichtümer sollen dir ein Fluch sein. Unendlich leben wie ein Ungeziefer zwischen dem Gestrüpp und den Bäumen, welches kriecht und fleucht. Geh hinfort, und begleiche deine Schuld..." sprach der Allmächtige Jahwe zum unschuldigen schuldig gesprochenen Sünder, der Verräter am Sohn Gottes. Der von nun an zur Gottesanbeterin wurde.

Das sprechende Insekt

Der nächste Morgen brach an. Die Sonne erwärmte die filigranen Glieder der Gottesanbeterin. Judas erschrak darüber, welch fremdartiges Aussehen er hatte. Seine großen Augen, seine schmalen Beine sowie die zangenartigen Arme machten ihn Angst. Die Furcht vor sich selbst lähmte ihn. Er bewegte sich zunächst nicht. So grün wie er war, konnte er sich im grünen Gestrüpp zunächst vor seinen Fressfeinden wie die Vögel und den Kriechtieren wie ein Maulwurf getarnt verstecken.

Nach einigen Stunden der Starre kam ein Junge vorbei. Er sah Judas noch nicht. Da rief Judas in menschlicher Stimme dem entgegenkommenden Menschen zu, „Junge, komm her, und erschrecke dich nicht vor mir. Ich bin klein, grün und sicher eklig. Und direkt vor dir auf dem Boden." Der Junge erschrak und blieb sofort stehen.

Dann sah er ihn in der Starre. Da rief Judas nochmals, dass er das sprechende Insekt sei. Und der Junge antwortete, „Bei Jahwe und allen Propheten, wie kannst du sprechen?" „Ich bin verflucht worden, darum muss ich als Gottesanbeterin leben. Tu mir einen Gefallen, verrate mich nicht an die Menschen. Sage auch nichts deinen

Eltern und Geschwistern. Bleibt das unser Geheimnis?" sprach Judas hastig. Der Junge antwortete nach einer kurzen Überlegung, „Ja, ich verrate dich nicht. Auch wenn das sehr komisch ist. Das bleibt unser Geheimnis." „Wie heißt du?" fragte Judas ihn, um Vertrauen in dem Jungen zu wecken. „Shiloh Ben Noah, also der Sohn Noahs aus dem Hause Adami, dem Stamme Levis in Jerusalem in Judäa." antwortete er gewissenhaft. Denn jeder Jude nannte seinen Vater, sein Haus, und somit seine Vorfahren sowie seinen Stamm als Zugehörigkeit von einem der zwölf Stämme Israels.

Judas lächelte mit seinem Kauwerkzeug, weil er schon gewissermaßen das Zutrauen des Jungen erlangt hatte. Und er antwortete, „Gut mein Junge. Ich bin Judas Ischariot. Mehr brauchst du nicht zu wissen. Geh jetzt hinfort, und komm morgen um diesel-

be Uhrzeit wieder. Einverstanden?"
Shiloh stimmte Judas zu, und ging aus
dem Garten hinaus.

Da tauchte plötzlich eine Libelle vor
Judas Körper auf. Diese setzte sich
arglos auf einen kleinen Zweig. Judas
konnte sich seinem Instinkt nicht er-
wehren, und schnappte mit einem ra-
schen Zug nach der Libelle mit den
Greifzangen. Mit gierigem Appetit
biss er Stück für Stück vom Kopf bis
zum Ende des Libellenrumpfes ab. Mi-
nutenlang genoss er den Saft des toten
Opfers. Die Flügel ließ Judas zum
Schluss auf dem Boden fallen. Er war
satt geworden. Wie grauenhaft er das
Fressen empfand, wurde ihm erst
jetzt bewusst. „Widerlich", durchlief
der Gedanke seinen kleinen Insekten-
kopf. Dann kletterte er gesättigt und
lahm den nächsten Baum hinauf.
Dort suchte er sich ein kleines Loch
als Versteck, von wo aus er nicht von

Vögeln und anderen Fressfeinden gefunden werden konnte. Dann schlief er für den Rest des Tages in der kühlen Luft des Baumloches ein.

Shiloh

Am nächsten Morgen kam Shiloh wieder zum Garten Gethsemane. Da rief er nach Judas. Und das kleine grüne Insekt rief ihn zu sich. „Du hast mich nicht verraten, oder?" fragte Judas vorsichtig. „Nein", erwiderte Shiloh beruhigend. „Tust du mir noch einen Gefallen?" fragte das grüne Ding. Shiloh nickte zustimmend. „Ich weiß, wir kennen uns nicht. Aber ich möchte, dass du mein Gehilfe wirst. Für den Rest deines Lebens.
Da du aber noch sehr jung bist und keine Erfahrungen im Leben gesammelt hast, werde ich dir mit klugem Rat stets beiseite stehen. Wenn du mich vor gefräßigen Tieren schützt,

dann verhelfe ich dir zu großen Taten und Reichtümern. Du wirst niemals Hunger erleiden. Noch wird es dir an Kleidern mangeln. Du wirst viele Silberlinge durch meinen Rat verdienen. Dein Haus wird nie in Armut leben. Und deine Kinder werden von Generation zu Generation reicher und schöner werden. Der Glanz eures Hauses wird ewig währen."

Shiloh schaute mit großen Augen und weit geöffnetem Mund das winzige grüne Insekt an. Nach einer kurzen Weile lief er weg. Judas wurde bewusst, dass seine kurze Ansprache doch sehr weit überzogen für einen Jungen in seinem Alter war. Er hatte wohl nicht begreifen können, was er an bedeutungsschweren Dingen erwarten würde. Das war einfach zu viel des Guten. Dem Jungen fehlte es an Reife und Erfahrung, um das zu verstehen. Nun war Judas wieder allein im Garten. Nachdenklich kletterte er den Olivenbaum hinauf, um den Rest des Tages in seiner kleinen Baumhöhle am Stamm zu verweilen.

Aller Hoffnung beraubt

Plötzlich blitzte und donnerte es einige Tage später am helllichten Tag, und es wurde rasch dunkel in Jerusalem. Die Menschen, die im Garten vorbei gingen, erzählten vom Messias, der kürzlich gekreuzigt worden war. Für Judas, der das Gespräch am Olivenzweig mitbekommen hatte, schwand jegliche Hoffnung. Denn Joshua war tot. Unwiederbringlich gingen alle Träume von einem neuen König verloren. Keine Zuversicht auf ein Ende seines Fluches. Er wusste auch nicht, wie er sein Problem lösen sollte. Unendliche Reichtümer sammeln, so der Wortlaut Jahwes. Mit dem nötigen Glück, einer Portion Talent sowie einem Gehilfen, der ihm dazu verhelfen würde. Wozu Reichtümer anhäufen, wenn er sie nicht sinnvoll nutzen konnte. Würde es seinen Fluch beenden? Judas frustrierte dieser Gedanke. Darum trippelte er depressiv in seiner kleinen Höhle zurück, wo er in seiner Agonie versank.

Mit den Tagen und Wochen lebte Judas im Garten Gethsemane allein unter den Tieren und wurde Zeuge zufälliger Gespräche der vorbeigehenden Menschen. Er vergaß, dass er mal einen menschlichen Körper hatte. Er war nur noch ein Mensch im Geiste, lebte aber im Körper einer Gottesanbeterin und vegetierte allein vor sich dahin.

Eine neue Hoffnung

Es waren einige Jahre vergangen.

Während Judas gerade das letzte Stück einer Grille verspeiste, kam ein Mann vorbei. An die üble, knirschende Nahrung konnte er sich nie gewöhnen. Der Ankömmling schaute sich suchend um. Da rief er nach Judas Ischariot. Die Passanten schauten neugierig und verdutzt nach dem Rufer. Als nichts geschah, gingen sie in ihrem Alltagstrott weiter. Vorsichtig erwiderte der Gerufene seinen Namen. „Ja, wer will mich sprechen? Bist du es Shiloh Ben Noah? Du siehst ihm so ähnlich! Es ist schon Jahre her." „Judas, bei allen Engeln und Propheten Jahwes, du lebst noch!" erwiderte emotional gerührt der junge Mann. „Ich hatte dich schon fast vergessen, bis jetzt.Du warst damals zu jung um zu verstehen. Aber ich verstehe warum du auf und davon gingst. Und nie wieder zurück kamst - bis jetzt. Du hattest Angst bekommen. Es war mein Fehler. Tut mir Leid... Aber was führt dich wieder hierher?" entgegnete Judas versöhnlich.

„Es stimmt, Judas, was du gerade sagtest. Jetzt bin ich älter und reifer als damals. Aber noch jung genug, um deine guten Worte von damals anzunehmen. Ja, ich möchte dein Gehilfe werden." antwortete Shiloh zustimmend. Judas fiel ein Stein vom Herzen. Erleichtert vom Zugeständnis seines neuen Gehilfen besann er sich seiner einstigen Pläne. Dann bat er ihn zukünftig alles zu tun, was er ihm auftragen würde. Auch, bis zum Tod zu verschweigen, dass es diese Verbindung gab.

Silberlinge

Judas riet in seiner talentierten Gabe zum Verdienen von Silberlingen, die Shiloh in Steinhäuser investieren solle. Diese danach aufzuwerten und mit gutem Gewinn weiter zu verkaufen. In Jerusalem gab es stets Mangel an Wohnraum. Und die Bewohner waren dankbar. Das Haus Adami unterstützte Shiloh Ben Noah in seinen Investitionen.

Der nächste Schritt war, die Silberlinge an Bedürftige mit Zins zu verleihen. Also Mikro-Darlehen zu vergeben. Mit den Jahren wurde ein großes Vermögen angesammelt. Shiloh und Judas kauften sich eine Villa am Stadtrand Jerusalems, wo sie gut leben konnten. Shiloh behielt nach wie vor das Geheimnis um Judas für sich. Sein Status als vermögender Mann genoss er bei der Elite der Jerusale-

mer Gesellschaft. Das Bankwesen sowie die Immobiliengeschäfte gaben ihm viele neue Möglichkeiten.
Und Judas hatte einen neuen gewagten Plan, den er mit Shiloh umsetzen wollte.

Der Aufstand

Jahrzehnte später.

„Der Krieg hängt weniger vom Geschick, als vielmehr vom Geld ab. Nur vom Geld!" sinnierte Judas in seiner prunkvollen Villa, wo er auf seinem Stammsitz eines schönen Olivenbaums saß, während er gerade seine Fangarme mit dem Maul reinigte.

Shiloh, schon im rüstigen Alter, wo die grauen Haare sprossen und die lederne Haut von der Sonne gebrannt war, kam zu dem immer noch junggebliebenen Judas.

„Judas, mein alter Herr, die Menschen sind beunruhigt über die Ausmaße der erhöhten Steuerpflicht der Römer, die sie uns auferlegt haben. Die Priestergesellschaft der Leviten, unser Stamm Israels der Vorväter, sind ebenso über die neue Opfersteuer verärgert. Für jeden Opfer an unseren Gott Jahwe werden sie von den Besatzern geschröpft. Die Klagen im Heiligen Tempel sind unüberhörbar geworden." Judas kam das sehr gelegen, denn er hatte schon länger einen Plan entwickelt, wie er diese Situation zu seinem Vorteil nutzen konnte. Er richtete sich auf seine Hinterbeine auf und sprach verführerisch zu seinem Gehilfen, „Wir werden unser Vermögen dazu nutzen, jüdische Aufrührer mit Silberlingen zu unterstützen - womit sie Waffen auf dem Schwarzmarkt Jerusalems kaufen werden. Und sie werden mit den Münzen weitere aufgebrachte Bewohner aufwiegeln. Es sollte irgendwann zu einem massiven jüdischen Aufstand kommen. Sie werden die Römer endgültig aus unserem Land vertreiben. Die Anhänger Joshuas, die sich Christen nennen, werden uns wohl keine große Hilfe sein, denn sie sind so sehr friedliebend, dass sie keine Waffe anrühren würden. Aber wir werden ohne sie auskommen müssen. Mach dich gleich auf dem Weg, mein treuer Shiloh."

Der Aufstand, der hauptsächlich von den Zeloten angeführt wurde, war zunächst so erfolgreich, dass sie die römische Legion, aus Syrien kommend, vollständig vernichtet hatten. Tausende römische Legionäre samt Tross lagen als Leichen unter der Sonne Judäas. Das schrie nach Vergeltung aus Rom. Rom schickte weitere drei Legionen nach Judäa, um den Aufstand komplett zu zerschlagen. Die Bewohner Jerusalems waren sehr beunruhigt, denn die anfängliche Euphorie wich Panik und Verzweiflung. Die Zeloten (fanatische jüdische Milizen, die um jeden Preis die Unabhängigkeit ihres Landes erkämpften) formierten sich zu Guerillaarmeen, die sich den Legionen entgegenstellen wollten. Aber eine Stadt nach der anderen fiel in die Hände der Invasoren.

Erquickung bis zum Tod

Shiloh war zutiefst verzweifelt. Die Römer erstürmten die belagerte Stadt Jerusalems. Jetzt waren die plündernden Soldaten schon von weitem zu sehen. Es konnte nur noch eine Stunde dauern, dann würden sie getötet werden. Shiloh hatte kein Vermögen mehr gehabt, denn der größte Anteil ging in Unsummen für den Aufstand auf. Also konnte er die in Blutrausch

befindlichen Plünderer nicht beste-
chen, um seine Freiheit zu erkaufen.
Dann lief er zu Judas rüber, der auf
seinem erhabenen Olivenbaum saß,
neben sich ein weibliches Exemplar einer Gottesanbeterin. „Judas Ischariot,
was becircst du die weibliche Gottesanbeterin noch? Bist du von Sinnen?
Wir werden bald alle sterben! Komm
mit! Wir fliehen von hier, und verstecken uns in der Wüste. Am besten in
einer Höhle am See Genezareth." Dabei kamen ihm die Tränen, so verzweifelt wie er schon war. Judas wurde plötzlich ganz klar im Kopf.
Dann sagte er ganz pathetisch zu seinem langjährigen treuen Gehilfen Shiloh: „Joshua gab sein Leben für uns
hin. Ich hatte es bis vor kurzem nicht
begriffen. Aber jetzt verstehe ich die
Auflösung meines Fluches. Ich muss
sterben. Wie auch immer, auf welche
Weise. Die Christen habe ich stets als
Schwächlinge gesehen, aber nun ist

mir klar geworden, warum sie uns allen überlegen und stärker sind als wir. Sie leben im Geiste der Überlebenden weiter. Weil sie sich opfern, um unsterblich im Gedächtnis aller Völker zu verbleiben. Das ist das große Geheimnis Gottes und Joshuas Anhänger. Weizensamenkörner werden in die Erde gesetzt, damit aus ihnen um ein Vielfaches Weizenkörner entstehen. Shiloh, ich liebe dich wie einen Sohn, den ich nie gehabt hatte. Setze dich in den Schatten des herrlichen Olivenbaumes, und schließe die Augen. Schlaf ein, und träume von deinem Haus Adami, deiner Vorväter. Denn du magst vielleicht bald zu ihnen gehen. Ich liebe dich..." Shiloh beruhigte sich in seltsamer Weise zu stiller Einsicht. Dann legte er sich unter den Baum und flüsterte, „Mein Name ist Shiloh Ben Noah, aus dem Hause Adami, dem zugehörigen Stamme der Levis..."

und schlief langsam ein.

Judas wurde gewiss, dass er auf dem richtigen Weg zu seiner Erlösung war. Dann krabbelte er zum Weibchen hin. Er schaute in ihre Augen, hielt sie dann mit seinen Fangarmen fest, um in seiner Erregung in sie einzudringen. Die weibliche Gottesanbeterin folgte ihren Instinkten, indem sie dem Männchen Judas in den Kopf biss. Der letzte Gedanke in diesem Geschlechtsakt, wobei er sein Samenpaket dem Weibchen gab, war, „Was für eine Freudenlust! Jetzt bin ich vom Fluch erlöst…" Dann verschlang sie ihn vom Kopf bis zu den Füßen in langsamer Manier, während die römischen Legionäre die Villa Shiloh plünderten. Zuletzt sahen sie einen schlafenden Mann unter dem Olivenbaum liegen. Den sie weiter schlafen ließen, denn sie waren verwundert, dass ein Mann in all der Zerstörung

den Schlaf der Gerechten in
Ruhe verbrachte.

Jerusalem, die letztlich größte übrig-
gebliebene Stadt, erlag nach langer
Belagerung dem Schicksal der kom-
pletten Zerstörung. Der Heilige Tempel wurde samt allen Gold- und Silbe-
rutensilien und religiösem Tand von
den Römern geraubt. Tausende Juden
wurden nun als Sklaven verschleppt.
Das Geheul und die Klagen waren
groß. Das letzte große Aufbegehren
der Zeloten fand auf der Wüstenfes-
tung Masada statt. Mit dem Ergebnis,
dass kurz vor dem Sieg der römischen
Belagerer alle Juden in der Festung
Selbstmord begingen. Denn die Juden
sollten die verhassten Römer niemals
lebendig bekommen. Und so bekam Titus, der siegreiche General der römischen Legionen, einen Triumphbogen
in Rom spendiert. Und der Triumph-
zug durch Rom war der Dank für

den Feldzug in der Provinz Judäa, die faktisch nur noch von Wüstennomaden bewohnt wurde.

Und Jahwe sprach

„Judas, Judas Ischariot... Du bist nun erlöst von meinem Fluch. Du hast die Weisheit erlangt, warum Joshua gelebt und gestorben ist.
Du hast ein materielles reiches Leben gehabt. Dazu einen schönen erquickenden Tod." Da lächelte Jahwe, und fügte letztlich noch hinzu, „Du bist nun unsterblich im Gedächtnis aller Völker verblieben. Der Schatten als Verräter bleibt dir ewig haften. Aber du kannst es vielleicht ändern. Jetzt liegt es in deiner Macht. Komm zu deinen Brüdern, die Apostel Christi warten am Tisch, um mit dir zum letzten Abendmahl zusammen zu sitzen."

Dann blickte Judas Geist verwirrt ins Nichts. Das hell gleißende Licht versetzte ihn hinfort wieder zu einem bekannten Ort.

Da war Judas wieder. An jenem Tag des letzten Abendmahls. Im Saal. Und Joshua sah ihn erwartungsvoll an.

(Von den Autoren Simon Mihelic und Despina Muth-Seidel)

Sternensehnsucht auf dem Stillen Ozean

Prolog

Das Herz und die Sehnsucht eines Mannes sind so tief wie der Stille Ozean unter der sternenklaren Nacht, wenn er zu neuen Ufern aufbricht.

Bettany Deveraux´s Darijana

Bettany Deveraux liebte ihren Mann Dominic. Ihre Liebe offenbarte sie in vielfältiger Weise, indem sie ihm ihre volle Aufmerksamkeit jederzeit schenkte, wenn sie ihm nahe sein wollte, oder er ihre Zuwendung benötigte. Dominic liebte sie ebenso so sehr, denn er tat alles dafür, damit sie gemeinsam glücklich und zufrieden an jedem Tag ihres Lebens sein würden. Die Zärtlichkeit und die Worte, die annehmliche Romantik, der leidenschaftliche und auch gefühlvolle Sex der beiden erfüllte ihr ausgefülltes Leben in jeder genutzten Stunde ihres Alltags.

Dominic sehnte sich seit seiner Kindheit nach der weiten Unendlichkeit der Sterne, da sie etwas nahezu Unerreichbares, aber auch Erstrebenswertes in idealen Wunschvorstellungen darstellten. Sein Wunsch, nach den Sternen zu greifen, war tief in ihm verankert, so dass er seine Sehnsucht im Herzen über viele Jahre für sich behielt. Eines Tages lernte er damals Bettany kennen. Und Bettany lernte ihn so kennen wie er war: echt und leidenschaftlich, kreativ und intelligent, sanft und hart, tatkräftig und auch in genussvoller Gemeinsamkeit in der Partnerschaft.

Eines Tages, als die Sonne klar im himmlischen Firmament kräftig die Insel Wangerooge an der Nordsee beschien, und das Paar Deveraux am Sandstrand ihren ersten Spaziergang im Urlaub machte, hatte Dominic eine geistige Eingebung. Sein tiefer Wunsch, in lauernder Sehnsucht verborgen, erwachte aus dem Tiefschlaf. Aus der Inspiration der salzigen Nordseeluft und der inneren Liebe zum weiten, stillen Ozean entstand die kreative Idee, ein Segelschiff aus Holz zu konstruieren. Dominic behielt diese Idee in Gedanken bei sich. Als es Abend in Wangerooge wurde, verbrachte er schöne Stunden mit seiner Frau im Appartement. Als Bettany genüsslich und zufrieden einschlief, schaltete er sein Konstruktionsprogramm im Computer ein. In kreativer und intelligenter Manier schuf er ein ästhetisches, robustes Holzschiff, welches er „Darijana" nannte.

Nach vielen Stunden kreativen Schaffens legte er sich müde zu seiner geliebten Frau auf das Bett hin, und schlief sogleich neben ihr ein. Seine Hand nahm dabei die Ihre, so als wäre sie seine ewige und treue Liebe, die er mit diesem Zeichen ausdrückte.

Am nächsten Morgen, als die Sonnenstrahlen die beiden mit intensivem Licht beschienen, küsste Dominic Bettany sanft auf ihre rosige Wange. Sie lächelte und küsste ihn hingebungsvoll auf seine Lippen. Dann flüsterte er ihr die Worte „Darijana" ins Ohr. Bettany fragte gleich neugierig was er damit meinte. Dann erklärte er ihr seine Idee, und dass er schon sein Holzschiff fertig konstruiert hatte. Bettany fragte begeistert, welche Absicht er damit habe. Dominic überlegte eine Weile wie er ihr das am besten erklären sollte, da er befürchtete sie könne es missbilligen. Er schilderte ihr, dass er eine langersehnte Reise beginnen würde, die er schon seit seiner Kindheit wünschte und im Herzen hatte. Diese Reise nach den Sternen könne er technisch nicht bewerkstelligen, aber mit einem Schiff auf dem Stillen Ozean mit ihr zu reisen wäre schon immer sein Traum gewesen. Ohne moderne technische Hilfsmittel würde er sich auf dem weiten Meer nach dem Sternenhimmel richten. Die Sterne würden ihnen den Weg über die Wassermassen der Ozeane weisen. Die Sterne an sich symbolisierten ebenso seinen Wunsch nach moralischen Idealen und Werten, die er schon lebenslang anstrebte. Dominic lebte nach Liebe, Treue und Vertrauen. Dieses Dogma wollte von ihm wirklich gelebt werden. Vergleiche wie bei astrologischen Sternenbildern waren für ihn mehr Mittel zum Zweck als eine Scheinwissenschaft, die die Menschen wie beispielsweise in

Kasten oder wie in einer Ständegesellschaft einteilten. Der Mensch an sich war mehr als die Summe von geistigen Projektionen. Zweckdienlich war es aus Dominics Sicht schon, da jedes Sternenbild ein faszinierendes Charakterbild beschrieb, die in der Phantasie ausgemalt werden oder äußerlich durch Merkmale am Körper und Haar bemerkbar gemacht werden konnte.

Jahre vergingen wie im Flug der Winde zum Horizont. Das Segelschiff „Darijana" wurde vom Stapel gelassen, so dass alle, die an der Arbeit daran beteiligt waren sich gegenseitig beglückwünschten und applaudierten. Dominic und Bettany bestiegen das stolze Segelschiff mit großer Begeisterung und mit Respekt, so dass sich alle darüber freuten, dass die Reise bald beginnen würde.

Mit den Worten „Jede lange Reise beginnt mit dem ersten Schritt" begann Dominic seine Ansprache zu seiner Besatzung auf dem Kapitänsdeck, und Bettany und die Besatzung riefen dieselben Worte in den Äther des weiten klaren Sternenhimmels über dem Horizont des Stillen Ozeans hinaus.

Des 18. Irrlichts Traum

Einst schuf der Gott Ira 31 Irrlichter. Jedem Irrlicht übergab er eine Region, und diese Regionen unterschieden sich voneinander. So gab es Wälder, Sümpfe, Moore, Wüsten, Steppen, und noch viele andere regionaltypische Landschaften. Nun sah es der Gott Ira vor, dem 18. Irrlicht die Region der arktischen Eiswüsten zu überlassen. So wie jedem Irrlicht hatte auch das 18. Irrlicht dieselbe Aufgabe, nämlich Unheil zu stiften. Dota, so war der ihm zugesprochene Name des Irrlichts, sollte die Bewohner Grönlands, die Eskimos, in Angst und Verzweiflung stürzen. Falls es ihm gelingen könnte, einige von ihnen in die Irre zu führen, wäre seine Aufgabe hinreichend vollbracht. Und so geschah es, dass am ersten Tag seines in die Welt

der weiten, weißen Eiswüste geworfe-
nen Anwesenheit etwas geschah, wo-
von ich nun beginne zu erzählen.

Dota war der Liebling seines Schöpfers Ira, dem Gott der Irrwische und
Vater von 30 Geschwistern Dotas.
Denn Dota war der leuchtkräftigste
von allen. Seine Leuchtkraft war so
hell und stark, dass die anderen Irrlichter ihn darum beneideten. Da sein
Aufflackern besonders intensiv, seine
spezielle Musterung ästhetisch rein
geformt und sein Licht sich gut auch
in weißen Welten erkennbar zeigte,
wünschte sich Dota, bei den lieben Eskimos Verwirrung zu stiften. Ira
stimmte dem Wunsch seines Lieblings
zu, und nach einem Zeremoniell der
Reife und Abschieds wurde Dota im
Tunnel des weißen Lichts sekunden-
schnell in die Arktis versetzt. Geh mit
Gott, aber geh, dachte Ira schmun-
zelnd. Er liebte Zitate und Redensar-

ten der Menschen, sammelte sie wie Schätze, da sie ihm so fremd erschienen.

Schwups, da war Dota nun. Es war sein erster Tag. Überall nur weiße Einöde. Mörderische Kälte, die ihm nichts anhaben konnte. Dann huschte Dota flackernd über die Eiskrusten Grönlands hinweg. Da er nicht besonders schnell war und sich Zeit ließ, dachte er darüber nach, wo er eine Siedlung Eskimos antreffen würde. Sofern in dieser Gegend welche lebten. Da er nach einigen Stunden Umherschweifen immer noch menschenleere Eislandschaften vorfand und die Sonne nach wie vor in greller Manier auf dem Eisboden reflektierte, beschloss Dota eine Rast einzulegen. Die Lichtreflektionen der Sonne, die nicht unterging, ermüdeten das Irrlicht, so dass Dota während der Rast einschlief.

Er begann zu träumen.
„Irren ist menschlich. Beirren ist irrlichtig. Vergeben ist göttlich." sprach
eine geheimnisvolle Stimme zu ihm.
Diese Sätze wiederholte die Stimme
immer wieder. Dann wachte Dota
aus seinem seltsamen Traum auf.
Plötzlich sah er aus der Ferne einen
Eskimo, der als winzig kleiner Fleck
am Horizont von der Abendsonne re-
flektiert wurde. Dota, ganz aufgeregt
vor dem ersten Einsatz und noch
leicht benebelt vom Schlaf, tanzte
willkürlich im Kreis herum. Er schil-
lerte immerzu mit seinem hellen Licht
im weiten Zirkel seiner Leuchtkraft,
so dass kurz darauf der Eskimo aufmerksam wurde. Dota tänzelte in
Richtung des Menschen, während der
Eskimo zunächst stehen blieb, um das
helle Flackern in Augenschein zu nehmen. Nach einer Weile des Wartens
ging das menschliche Wesen weiter.
Aber in eine andere Richtung. Er tat

so, als hätte er die Lichterscheinung nicht für besonders wichtig gehalten, und setzte seinen Weg woanders fort. Dota, leicht verwirrt, entschloss sich dennoch sich in Richtung des Eskimos zu bewegen. Pelzartig gekleidet schaute der nochmals zu der weißen Erscheinung hinüber, ignorierte diese jedoch weiterhin. Dota, nun in leichte Rage versetzt, raste in großer Geschwindigkeit zum nächsten Blickfeld des Menschen hinüber, so als würde man in einem Raum blitzartig von einer Ecke zur nächsten Ecke wechseln. Ich will, dass seine Aufmerksamkeit ab jetzt nur mir gehört, sagte Dota selbstgefällig. Der Eismensch jedoch änderte wiederum seine Laufrichtung, so dass Dota außer Sichtweite geriet.

Wer aus armen, niederen Häusern kommt, dem darf man es nicht vorwerfen, wenn er die erste Strecke seines Weges nur scheu und zögernd zu-

rücklegt, wenn ihn Nichtigkeiten blenden, wenn ihn falsche Trugbilder verwirren, wenn ihn Irrlichter verlocken, so sagte Wilhelm Raabe, dachte Dota. So ein einfacher Eskimo. Er weigerte sich einfach, sich von Dota verlocken zu lassen! Und er, Dota, würde ihm dies unbedingt vorwerfen, auf die Weise, wie man es die Irrlichter gelehrt hatte.

Das Lichtwesen wurde mächtig zornig. Er glühte in rötlicher Erscheinung, so dass Hitze in wallender Form den Schnee zum Schmelzen brachte. Als Dota das bemerkte, schoss er vor dem Menschen einige wenige Meter vor ihm hin und her, flackerte grell blendend in seine Menschenaugen, so dass dieser seine Hände wild gestikulierend vor das Gesicht hielt. Der Schnee unter Dotas glühender Hitze schmolz langsam, die Eisdecke knisterte. Es wurde ein tiefes Loch darunter sichtbar, doch nur

Dota bemerkte es.

Mit einem sehr hellen Entsetzensschrei verschwand plötzlich der Eskimo, denn in Blindheit geschlagen fiel er in dieses Loch hinein. Doch, was stimmte hier nicht?

Es wurde Dota mit einem Mal bewusst. Der Eskimo war eine Frau! Die kreischende Stimme wurde immer lauter. Die in Panik versetzte Frau hatte sich beim Aufprall die Schädeldecke verletzt, sie blutete sehr stark und die Wunde war groß. Langsam färbten sich die Wände des Eislochs blutrot. Dotas Zorn konnte nicht länger schwelen. Er verwandelte sich in flackerndes Mitleid und folgte ihr in das Loch. Die Hitze des Irrlichts wurde rasch zu Wärme, die in der eiskalten Kälte wohltuend wirkte. Dota verstand ihre Sprache nicht. Aber er konnte die Panik und den heißen Schmerz spüren, die dieses weibliche Wesen von Mensch von sich gab. Sie

verblutete in diesem Loch. Das Irrlicht hatte keine feste Materie wie der
Mensch. Fleisch und Blut kannte
Dota nicht. Er konnte ihr körperlich
nicht helfen.

Wieso helfen? Sagte er sich im Geiste.
Ich habe doch meine Aufgabe als Irrlicht erfüllt. Was habe ich hier noch
zu schaffen, nichts, fügte er noch in
Gedanken hinzu. Doch sein Mitgefühl
wurde größer und stärker, je mehr die
verletzte Frau im Schmerz wimmerte
und jammerte. Dann verebbte die
Stimme des Menschen. Und es war
kein nebeliger Hauch Atem mehr zu
sehen. Dota hatte seine Aufgabe zu-
friedenstellend erfüllt. Ira wäre stolz
auf ihn gewesen. Aber das Lichtlein
flackerte nur noch leicht schimmernd
in der dunklen Sonnennacht über der
Arktis. Der Eiswind wehte nach wie
vor teilnahmslos über die Steppe der
gefrorenen Schneewüste.
Eine Leiche lag vor ihm in einem

Loch. Dies hatte er, wenn auch unvor-
hergesehen, verursacht. Eine tote Eskimofrau, die nicht schlimmer hätte
sterben können. Einsam und verlassen, und fernab jeglicher sichtbaren
Zivilisation einfach verreckt. Dotas
Mitleid und ein Gefühl von intensivem schlechtem Gewissen machten
ihm schwer zu schaffen. Dann verließ
er diesen schmachvollen Ort. Das Irrlicht rief nach seinem Vater Ira.
Ira! Dein 18. Irrlicht ruft seinen
Schöpfer und Vater aller Irrwische.
Hol mich hier ab! Der Lichttunnel erschien augenblicklich aus dem Nichts.
Dota schlüpfte hinein, und blitzschnell gelangte er zurück zum
Ätherpalast Iras.
Der Vater und sein Irrlicht diskutier-
ten nun um den für Ira nicht nen-
nenswerten Vorfall, den aber Dota
emotional anders erlebte als er doch
sollte. Ira befand es als befremdlich,
dass sein Liebling aller Irrlichter Mit-

gefühl für sein Opfer entwickelte. Ein Mitleid, das Ira bisher nicht für sich oder andere seines Irrwisch-Teams kannte. Der Tod ihrer Opfer war stets die Erfüllung ihrer Aufgabe gewesen. Was gab es da daran zu rütteln? Womit Ira nicht gerechnet hatte war, dass die Geräusche und die Tonlage des Opfers, voll von Schmerz und Leid, etwas im 18. Irrlicht bewirkte. Und schlimmer noch, ein gefährliches Umdenken stattfand. Das irregeleitete Irrlicht warf seinem Schöpfervater die Frage vor, warum ausgerechnet Irrlichter das Wesen innehätten, andere zum Tod zu führen. Darauf entgegnete der Gott eine Gegenfrage, die er gleich selbst beantwortete: wieso Raubtiere andere Tiere als Opfer ihres Hungers auswählen würden - um satt zu werden, und nicht um zu töten. „Es ist eine Frage des Überlebens!", so Ira in seiner einfältigen Formulierung. „Und wir sterben, wenn wir die Menschen nicht *beirren?*" antwortete Dota ironisch. Ira überlegte kurz, da er nicht auf so eine brisante Frage gekommen wäre. Dann fügte Dota hinzu, „Menschen verirren sich, so sah ich zuerst offensichtlich die Eskimofrau in der Eiswüste ohne festes Ziel entlangwandern. Jedoch, ich sollte sie nicht leiten, sondern wir Irrwische beirren andere, das ist unser Part... aber ein Gott? Ist vergeben nicht göttlich? Unsere eigenen Sünden nicht zu vergeben, sondern diese in Taten ganz im Gegenteil noch weiter herauszufordern, ist das richtig?" klang Dotas kritischer Vorwurf.

„Irrwische sind Wesen, die diese Aufgabe erfüllen müssen. Das war so, und es wird immer so sein. Darüber darf es keine revolutionären Gedanken geben. Es ist jetzt Schluss mit dieser verwerflichen Grundsatzdiskussion! Die Gutmütigkeit gemeiner Menschen gleicht dem Irrlicht, so sagte schon eine menschliche Frau, die Freifrau von Ebner-Eschenbach. Es ist demnach unsere Bestimmung, was wir tun! Geh hinfort aus unserem Kreis! Du bist ab sofort deiner Aufgabe entbunden, und nicht mehr länger mein Sohn..." schrie Ira Dota in seinem Zorn entgegen. Dann drehte er sich um und schritt zunächst leicht zögernd davon. Zweifel nagten im Innern des Schöpfers, er spürte Unheil und Verderben. Ein gefährlicher Zweifel über Sinn und Moral, der die Welt der Irrwische zum Umsturz führen konnte. Ira fiel diese rasche Entscheidung nicht leicht, sein Lieblings--Irrlicht in die Verbannung zu schicken, das er über alles vor allen anderen geliebt hatte. Er war enttäuscht, und wendete sich ab.

Dota war zutiefst schockiert. Wut und Trauer mischten sich im flackernden Licht seines äußeren Erscheinungsbildes. Den Tunnel des Übergangs benutzte er jetzt das letzte Mal in seinem jetzigen Dasein. Nachdem er die turbulente Passage durchquert hatte und auf dem arktischen Boden angelangt war, beschloss er, die heimische Siedlung der Eskimofrau aufzusuchen. Also tänzelte er in systematischen, langen Strecken die Suche nach dem Dorf ab. Während er bei der Suche war, überlegte das Irrlicht, was er nun nach der Verbannung tun sollte. Er wollte nur zunächst die Nähe der Menschen auffinden. Sobald er diese antreffen würde, war es sein vorläufiger Plan, Sühne für das tödliche Opfer der Eskimo-Frau aufzubringen.

Nach einem sehr langen Tag und einer sehr langen Nacht der Suche fand er das Eskimo-Dorf immer noch nicht. Die Tagwechsel im hohen Norden waren extrem lang. Die Zeit schlich wie im Zeitlupentempo voran. Die Gebiete der Eiswüste erschienen so leer gefegt, dass nur sehr wenige Tiere dort leben konnten. Auch diese schienen sich nicht zeigen zu wollen. Irgendwann im Laufe des Nachmittags sah Dota aus der Ferne, wie Iglus in einem kleinen Kreis aufgebaut worden waren. Menschen huschten um die rund angelegten Eisblockhütten hin und her. Dann schrien sie plötzlich auf, als sie das Irrlicht bemerkten. Einige krochen sofort in die kleinen geschützten Eingänge ihrer Behausungen, die so aussahen, als wären sie erst kürzlich errichtet worden. Zwei pelzummantelte Gestalten blieben draußen stehen. Dota sah, wie die Atemnebelschwaden aus ihren Mündern heraus dunsteten. Einer von ihnen nahm seine spitze Harpune in die Hand, während der andere mit einer eisenartigen Kelle, womit er wohl die Iglus glatt gestrichen hatte, bedrohlich in

Richtung des Irrwisches zeigte. Dota schwirrte langsam aber sicher immer näher. Er fühlte sich nicht im Geringsten bedroht. Er fürchtete vielmehr den Ausgang dieser ersten friedlichen Begegnung. Als sich die beiden unterschiedlichen Wesen einander genähert hatten, bemerkte er, dass es wohl einige Zuschauer aus den Eingängen der Hütten gab. Dota machte den ersten Schritt der Annäherung, in dem er sprach, „ich komme zu euch mit einem Willkommen in Frieden." Die beiden Menschen schauten unvermindert das Irrlicht an. Dann blickten sie sich gegenseitig an, und zuckten mit den Schultern, da sie nur ein Summen hören konnten. Dann sagte der Größere von den Beiden zum flackernden Licht, „Was willst du sonderbares Licht? Du bringst Unglück! Meine Frau ist kürzlich verunglückt durch dich! Ich weiß es, denn das ist es was du bringst, den Tod! Die Schmelze des

Eises, Verderben, Verfall. Verschwin-
de hier! Schwirre hinfort...!" Dota verstand alles, was sie sagten, das ver-
wunderte ihn sehr. Aber die Menschen konnten jedoch ihn nicht hören.
Da wurde er sehr traurig. Und sein
Licht war dunkel und schwärzlich, es
erlahmte flackernd unter der grellen
Sonne. Ein leichtes Glühen erwärmte
die umstehenden Menschen. Dann
sank das Lichtwesen zu Boden. Und
verglühte schwächer und immer
schwächer glimmend dahin, so dass es
nicht mehr erkennbar war.
An seiner statt lag plötzlich ein wei-
ßer Pelz an der Stelle wo es ver-
schwunden war. Es war der Pelz der
verunglückten Frau, die die Männer
wieder erkannten. Ein auffällig kleiner Mann erschrak. Er nahm sofort
den Pelz in die Hand, während der
Größere schockiert da stand. Das weiße Fell warf der kleine Mann sogleich
zusammen geknüllt weit weg von dem

Kreis der Iglus. Dann drehten sich beide wortlos um und versteckten sich für den Rest des langen Nachmittags in ihren selbst gebauten Eishütten.

Als die Abendsonne sich ankündigte, verwandelte sich langsam der weiße Pelz, der einst der Eskimofrau gehörte, wieder in genau diese Frau, die durch Dota verunglückt war. Sie atmete plötzlich auf. In den weißen Pelz gehüllt und so vor dem eisigen Frost geschützt, stand sie sogleich auf, um nicht in Bewegungslosigkeit zu erfrieren.
Dota erschauerte... er war wieder da... er war... war jetzt im Körper dieser Frau. War das die Sühne für seine böse Tat? Im Körper des Opfers gefangen zu bleiben? Und was sollte er ab jetzt tun? Und wer war für diese Verwandlung verantwortlich?
Dota wusste es nicht. Aber er entschied sich erst einmal auf Distanz

zur kleinen Iglu-Siedlung der Menschen zu gehen. Da er nicht wusste, wie er als totgeglaubte Frau lebendig und ohne logische Erklärung für die Eskimo-Gemeinschaft zurückkehren konnte. Dota ging wieder fort. Ein zweites Mal, ohne ein willkommenes Zuhause. Er musste. Anstelle des kleinen schimmernden Lichts in ihm wurde nun im Körper dieser Frau ein Herz schwer.

Noch lang am Abend wanderte Dota durch die Eissteppe umher, traurig und heimatlos. Da sah er aus der Ferne ein flackerndes, helles Licht. Er erkannte sofort was es war. Ein Irrlicht! Ein anderes Irrlicht? Hatte Ira jemand anders in diese Region entsandt? Dota wollte nichts damit zu tun haben. Also wechselte er die Laufrichtung. Es war sehr anstrengend, denn er spürte jetzt seinen fremden, menschlichen neuen Körper. Dann wechselte er wieder die Richtung, als das Irrlicht auf sich aufmerksam machen wollte. Und plötzlich stand dieses Irrlicht vor ihm, und es blendete ihn quälend mit glühender Hitze.

Derart verwirrt, stolperte die menschliche Eskimo-Frau Dota in das Loch, welches von dem hitzewallenden Irrwisch erzeugt wurde. Ein Schmerzensschrei durch Leib und Glieder durchfuhr ihn. Und dann wurde er bewusstlos.

Und es begann alles sofort wieder. Er stand auf. Er irrte durch das Eis. Dann wieder Bewusstlosigkeit. Schmerzen. Tod. Und nochmals. Immer wieder... Bei den Menschen hätte dies Jahre angedauert. Dota empfand es länger. Viel länger.

Ira beobachtete geruhsam und überlegt die ganzen seltsamen Vorgänge in dieser unruhigen Region.

Er entschloss sich, dass es genug war, Dota weiterhin in einer von Ira höchst selbst erzeugten Zeitschleife zu bestrafen. Er hatte gedacht, abgewogen und wieder verworfen. Und doch: Die Leuchte des Geistes ohne Wärme des Herzens wird oft zum Irrlicht, erinnerte er sich an die Worte von Peter Sirius. So musste es sein. Aber er beschloss: die Zeit der Strafe war vorbei. Die Wiederholung des Todes sollte zur Einsicht seines Lieblings führen. Er durfte niemals wieder rebellieren. Der Tod gehört zum Leben. Wie das eigene Überleben den Bestand der Irrwische garantieren sollte. Das System durfte nie wieder gestört werden. Denn durch das fehlende Element des 18. Irrlichts in dieser Region entstanden Ungleichgewicht und eine Unordnung des Gefüges im Universum. Welches nur durch das Wiedereinsetzen von Dota zurechtgerückt werden konnte. Der Gott der Irrwische unterbrach demnach den Teufelskreis. Mit einem einzigen Lichtblitz, einem glühenden Götterfunken, vollführte er seinen Willen der Macht über Raum und Zeit.

Da stand plötzlich Dota vor seinem Göttervater Ira in der ursprünglichen Irrlichter-Gestalt. Leicht verwirrt blickte das Lichtwesen in wechselnden Farben umher. Sein Licht tanzte und sprühte vor Glück, als er begriff. Dann sprach er weise, „mein Göttlicher Vater Ira, es war grausam mich so zu bestrafen! Aber du musstest so handeln. Du hast mir letztendlich doch vergeben. Und es war gut so. Irren ist menschlich. Beirren ist irrlichtig. Vergeben ist göttlich. Damit habe ich tatsächlich bewiesen, dass der Gott der Irrwische auch wie ich Gefühle hat, die auch (nicht nur, aber auch) von Mitgefühl geleitet sind. Nun hat durch mein unfreiwilliges Opfer das revolutionäre Umdenken stattgefunden. Aber das Gefüge des Gleichgewichts des Universums wird weiter bestehen. Denn wir haben nun eine neue Bestimmung: von jetzt an haben wir mit unseren Opfern Mitgefühl, bieten Schutz und haben Verständnis. Das haben wir gemeinsam erreicht."

„So sei es, mein irrlichtiger Sohn," flüsterte Ira belustigt, aber auch einsichtig. Neue Besen kehren gut, lautet ein Sprichwort dieser Menschen, war es nicht so? Und er ließ sein Licht über Dota fluten, bis dieser freudig golden glänzte.

(Von den Autoren Simon Mihelic und Despina Muth-Seidel)

Avela 2.0

Avela war eine Baumfee, die gern über die Menschen redete. Ihre Beobachtungen betraf insbesondere einen Mann, der einerseits seltsam, aber auch außergewöhnlich war. Sie erzählte ihrer Tochter folgende Geschichte.

„Ich traf ihn, als er noch ein kleiner Junge war. Er mochte mich sofort, da er gleich mit mir redete. Ich fand das ganz nett, und sagte dann zum Schluss, dass er mich eines Tages wieder sehen würde. Jahre später, da war er schon ein junger Erwachsener, lernte ich ihn über das Chatten kennen. Da erkannte er mich nicht wieder. Er wollte mehr, aber das konnte ich damals noch nicht. Also blieb es ungesehen zu einer

Freundschaft zwischen uns beiden. Die Jahre vergingen wie im Flug. Als er schon sehr alt wurde, kam ich endlich zu seinem Sterbebett. Er freute sich endlich mich zu sehen. Dann starb er glücklich. Das war die Kurzfassung. Die lange Fassung hatte ich dir schon vor langer Zeit erzählt." „Und?" erwiderte gespannt Avelas Tochter.

Dann erzählte Avela von der folgenden Erkenntnis,
„Der seltsame Mann beschäftigte sich mit den gesellschaftlichen Veränderungen seiner Generation. Er erzählte mir, dass die Menschheit sich immer weiter in zwei bedeutende Gruppierungen auseinander dividieren würde.

Die eine Gruppe der Menschen würde immer mehr sich in der Wohnung zurück ziehen, um am Computer, Tablets und Handys ihr Leben zu organisieren und auszuleben.

Während die andere Gruppe sich nach draußen bewegt, um ihr Leben in Bewegung zu halten. Deren Anteil am Computer und Co.
ist relativ gering.
Er teilte mir außerdem mit, dass er sich um dich Sorgen gemacht habe. Er hatte sich gewünscht, dass du zum Anteil der Menschheit gehörst, die ihr Leben draußen gestalten. Und nicht überwiegend am Computer und Co. dein Leben verbringst. Das sei gesünder und würde stets glücklicher bzw. zufriedener machen. Wirst du nun auf mich und ihn hören?"
Da erkannte ihre Tochter ihre Lebensweise. Da antwortete sie reumütig,
„Ich habe verstanden.
Ich liebe dich... Mutter."

Corinne´s Date

Während Cole, der Captain des Sternenschiffes Leviant seine mündlichen Befehle gab, setzte Corinne, das bordeigene Schiffssystem, die Anordnungen unverzüglich um. Die Schlacht, die gerade stattfand, war unerbittlich hart und wendungsvoll. Während die Föderation noch der Niederlage zusteuerte, wendete sich das Blatt wieder zugunsten Coles Flotte. Mehrere Stunden durchzog dieses finale Ereignis im All. Durch die geniale Taktik und Strategie des Admirals Cole gewann letztendlich die Föderation. Alle jubelten und beglückwünschten sich. Da Corinne ihre erste Jungfernfahrt in einem Sternenschiff vollzogen hatte, noch dazu so heftig und erschütternd in einem interstellaren Konflikt, befragte Cole die sprechende Corinne zu einer folgenreichen Entscheidung. „Corinne, du hast großartige Arbeit geleistet! Die Befehle hast du stets genau richtig aus meinem Geiste interpretiert. Blitzschnell reagiertest du darauf. Bist du einverstanden, dass ich an dir einen tiefen Griff einführe, um dich unzählige Male zu kopieren, auf dass dieses System auf allen Sternenschiffen der Föderation eingesetzt würden?“

Dann unterbrach Corinne die Träumerei Coles. Denn im Café bei ihrem ersten Date mit Cole fand sie es unpassend, dass er geistesabwesend am Tisch saß. Augenblicklich erwachte er aus der Starre. Dann sagte er unverblümt zu Corinne, „Sorry... Darf ich dich poppen!“

Vom Lottoglück, und von der anderen kleinen Glückseligkeit

Marie Jones war arm und mittellos. Sie hatte keine Freunde, denn wer wenig Geld hatte, konnte auch niemanden beeindrucken. Mit ihrem letzten Geld kaufte sie sich ein Lottoschein. Mit der sie auch ein Gewinn erzielte. Dieser Gewinn war auch nicht unerheblich. Als sie die Nachricht vom Lottogewinn las, bekam sie ein Herzinfarkt. Denn der Betrag war so hoch, dass sie plötzlich zur Millionärin wurde. Sie überlebte den Infarkt. Gesundet kam sie wieder aus der Klinik heraus. Banken und Versicherungen überrollten sie mit Angeboten, die sie zur Geldvermehrung nutzen sollte. Ein Haus, der Marie gefiel, kaufte sie sofort. Ein Auto, der schick war, bezahlte sie den vollen Preis. In dem neuen Haus veranstaltete sie eine große Party. Bekannte wurden rasch zu guten Freunden. Die Heuchelei der sogenannten Freunde erkannte sie nicht. Sie buchte Reisen in ferne exotische Länder, aber das Glück fand sie dort nicht. Die modischsten Kleider erfüllten sie nicht mit Freude, denn Männer interessierten sich dafür nicht. Das liebe Lottoglück zog alle an, doch Glück und Liebe fand sie nicht. Nun zerrann das ganze Geld aus ihren Fingern, und es blieb ihr nichts mehr übrig. Sie war wieder arm und mittellos. Geblieben ist ihr nichts, nur der Scham, dass letztendlich sie nichts dazu gewann.

Dann kam ein Bettler vorbei. Er hatte Mitleid mit Marie Jones. Er setzte sich neben ihr hin, nahm sein übrig gebliebenes Laib Brot aus der Tasche, sprach ein religiöses Gebet, teilte es, und aßen anschließend genüsslich davon. Erst jetzt spürte sie das wahre

Glück, die Zufriedenheit mit der verbundenen Gemeinschaft des Teilens und ehrlichen Lebensfreude.
Diese Erkenntnis brachte die Glückseligkeit in ihrem Leben, auch wenn sie noch so klein und geringfügig war.

Hoffnungsträger

Sebastian und Clarissa besuchten eines Tages das Dorf der Großeltern. Angekommen, erwähnte die Oma, dass Emil, der Hundertjährige seinen Geburtstag heute habe. Da Sebastian ihn noch nicht kannte, erkannte er seine Chance, und fragte seine Freundin, ob sie beide zu ihm gehen könnten. Clarissa hatte nichts dagegen einzuwenden. Sie gingen zu dem Haus des alten Geburtstagskindes Emil. Unterwegs schilderte Sebastian seine Sinnkrise im Leben. Er war mit Clarissa glücklich zusammen, aber seine leistungssteigernde Arbeitstätigkeit und die gesellschaftlichen Anforderungen von Konsum und Teilhabe im öffentlichen Leben machten ihn auf Dauer sehr unzufrieden. Der Inhalt seines Lebens beruhte auf Leistung und Anerkennung von Anderen. Aber etwas fehlte in seinem Leben. Clarissa fühlte ebenso diese Leere in der Gemeinschaft. Sebastians Absicht war die Frage an einen alten Menschen, der das Leben schon fast hinter sich hatte. Hatte er auch eine Sinnkrise gehabt? Wenn ja, dann hatte er jetzt die Chance eine befriedigende Antwort zu erhalten.

Dann kamen sie vor Emils Haus. Eine ältere Frau machte die Tür auf, und erkannte Clarissa nach genauem Hinschauen, da ihre Augen nicht mehr die Besten waren. Das junge Paar bat um Einlass, um den Alten zu gratulieren. Nach den Geburtstagsgrüßen sprach nun Sebastian sein Anliegen aus. Er schaute Emil ernsthaft und bedächtig an, dann fragte ihn ob er noch an Gott glaube. Emil atmete tief ein und aus, und antwortete im rauchigen Ton, „Als ich jung war, studierte ich die Bibel, folgte ernsthaft und folgsam den christlichen Glauben, doch stets nachsichtig und voller Nächstenliebe. Kein engstirniger Spießer. Mitte Dreißig erkannte ich die Heuchelei der Kirche und seinen Gläubigen. Letztendlich dienten sie ebenso dem Geld und Reichtum wie die Nicht-Gläubigen Menschen. Enttäuscht ließ ich vom Glauben ab, und wollte von Gott und Christus nichts mehr wissen. Mit den Jahren darauf lebte ich ein glückliches Leben in Einvernehmen des Konsums und weltlichen Dingen, die alle Menschen auslebten. Alles was die Nachbarn haben und tun, machte ich auch. Fertig! Nach Jahrzehnten erkannte ich aber, dass dieses oberflächliche Leben doch nicht die wahre Existenz sein konnte. Was hatte ich von alledem, dass ich angehäuft und erlebt hatte, wenn mein Leben jetzt seelenlos und leer war. Der Gott meiner Jugend suchte ich wieder in meinem Herzen. Der

Christus und die Auferstehung gaben mir wieder Hoffnung. Die Hoffnung, dass die Seele in meinem Herzen nach meinem Tod weiter lebt, wo und wie auch immer das aussehen mag. Die Hoffnung, dass alles nicht umsonst war. Dass nicht nur die Erinnerung an mich übrig bleibt. Dass es doch eine Ewigkeit gibt. Auch wenn es eine Illusion sein könnte, aber dass ist die Hoffnung, die mir Kraft verleiht. Habe ich dir damit deine Frage beantwortet?"

Sebastian antwortete respektvoll, „Ich danke dir sehr. Denn ich habe wieder den Sinn in meinem Leben gefunden."

Emil gab den Beiden ihren Segen, bevor sie sich bedächtig verabschiedeten.

Zurück bei den Großeltern angekommen, diskutierte das junge Paar um die bedeutungsvollen Worte des Alten. Das war endlich das fehlende Mosaikstück in ihrem Leben. Die Hoffnung auf ein neues sinnvolles Leben im Glauben an Gott, Christus und die Auferstehung im Ostern. Nicht an den Osterhasen, sondern worum es wirklich im Ostern ging.

Sebastian und Clarissa gingen am nächsten Tag in die Dorfkirche, wo sie inbrünstig beim Gebet in die Tiefe gingen, um in Hoffnung ein neues Leben beginnen zu können.

Salierie´s Weisheit

Karl und Iris waren schon über 50 Jahre verheiratet und lebten gemeinsam seit mehr als drei Jahrzehnten im gemeinsamen Haus. Der Garten war wunderschön und sehr gepflegt. Es gab viele Bewunderer, die den Garten bestaunten. Es wurden auch gelegentlich Gartenschauen veranstaltet, wo sich viele Besucher einfanden. Karl und Iris, schon alt und betagt, lebten in ihrem beschaulichen Rentnerdasein recht unzufrieden. Denn wenn sie allein waren, stritten sie sich oft um banale Dinge des Alltags. Entweder ging es um das Einkaufen von Lebensmitteln, die Karl oftmals unter hohen Anstrengungen mit dem Fahrrad besorgte, oder auch mal um die Lebenslügen der Iris, die sie gewissenhaft nach außen verteidigte, den nicht mal der eigene Ehemann durfte die Fassade der Unschuld in ihr durchbrechen dufte. Iris hatte eine Freundin, die Cordula hieß. Deren Tochter Elke war zutiefst unglücklich, denn sie befand sich in einer Lebenskrise, weil ihr Freund sie mit dem Kind verließ. An jenem Tag wurde Elke in die psychiatrische Klinik eingewiesen, denn der Leidensdruck nahm in ihr Überhand, so dass sie sich überfordert sah. Das Kind blieb in Obhut bei der Oma Cordula.

Nun kam ein alter Mann zu Besuch in die Klinik. Salieri traf dort seine Tochter Vera. Sie lernte dort schon zufällig die Elke kennen. Und beide verstanden sich gut miteinander. Salieri hörte sich die Geschichte Elkes an. Dann sagte er zu ihr, „Wenn deine Eltern dich in dieser Krise umarmt, und durch tröstende Berührungen am Körper gestreichelt hätten.

Verständnis und Liebe statt Vorwürfe und Racheschwüre gegeben hätten, dann wärst du jetzt nicht hier. Du müsstest nicht darunter leiden, dass du es jetzt schwer hast im Leben." Dann stand Salieri andächtig auf, umarmte seine Tochter, gab ihr einen Kuss auf die Wange, und schließlich tat er es mit Elke ebenso. Da lächelte Elke wieder seit Tagen. Ein erster Lichtblick in der Klinik. Einige Tage später kam auch die Nachbarin Iris zu Besuch. Da Karl wieder zu Hause im Garten arbeitete. Da erzählte Elke der Iris, dass eigentlich mangelnde Berührung die Leiden vergrößere. Dass unnötige Streitereien und Aggressionen, sowie böse Entscheidungen dann auftreten, wenn man sich nicht jeden Tag mit besinnlicher Zärtlichkeit berührt. Iris verstand Elke, und begriff auch, dass Karl und sie zu oft in Streitereien gerieten, weil sie sich schon zu lange nicht mehr streichelten. Iris umarmte Elke herzlichst, und verabschiedete sich in guter Stimmung. Am nächsten Tag wurde Elke aus der Klinik entlassen, da es ihr schon erheblich besser ging. Sie erzählte ihrer Mutter Cordula davon, aber so gefühllos wie sie schon immer war, sagte sie nichts dazu. Das machte Elke nichts aus, denn sie hatte eine wichtige Verbündete, und eine neue Freundin gewonnen. Elkes Verbündete Iris erstes Ansinnen zu Hause war dem Karl einen dicken und sanften Kuss auf die Lippen zu geben. Dann zog sie ihn in den Schlafzimmer hinein. Danach verhüllten sie sich unter der Bettdecke, wo die beiden Liebenden in zärtlicher Umklammerung ihre Freude hatten. Die üblichen täglichen Streitereien wurden in Zukunft zunehmend eingedämmt. Denn bevor es dazu kam, küssten sie sich einfach... Und der Garten wurde in den nächsten Jahren zu einem noch schönerem

Ausflugsziel der Besucher, da sie die Lebenslust des Paares im Werk der Blumen und Pflanzen erkannten.

Vera wurde zu einer geselligen und fröhlichen Freundin Elkes, die sie in gemeinsamen Unternehmungen in Freud und Leid ihr Dasein auslebten. Und Salieri besuchte weiterhin Krankenhäuser und Kliniken, und erzählte einigen Patienten von der Notwenigkeit der Berührungen, sowie deren heilsame Folgen im Leben...

Die Ela Chroniken III – Das Ende

Raven und Ela standen nun da im Café mitten unter den Gästen, die gemächlich an ihren Tischen saßen. „Die Zukunft der Energietechnologie müssen wir eiligst zum Wissenschaftsrat bringen." sagte Raven zu ihr. Dann gingen sie rasch zum Zentrum für Energiewirtschaft. Dort angekommen kamen sie zum Vorsitzenden des Rates und übergaben ihnen die Rote Kiste mit dem Mini-Fusionskraftwerk. Nach kurzem Betrachten des Wissenschaftlers rief er aus dem Hinterzimmer einige uniformierte Soldaten herbei. Sie führten Raven und Ela in einer Lagerhalle, wo es sehr still war. Dann zogen sie ihre Waffen, um die beiden zu erschießen. Die Überbringer der modernen

Technologien erschraken bei dem Anblick der Waffen auf sie. „Was soll das jetzt?" schrie Raven. „Das Militär schützt alle Technologien der Energiekonzerne, die eine Bedrohung von Externen kommen könnten. Ihr würdet die Patente für euch und allen Regierungen der Welt frei zur Verfügung stellen. Das werden wir nicht zulassen." erklärte der Offizier der Soldaten.

Rasch umarmte Ela Raven. Die Blase entstand wieder um die Beiden. Sie wurden unverzüglich wieder in die Zukunft katapultiert. Genau an dem Datum als sie das letzte Mal dem Bettler die Rote Kiste stahlen, der 18. August 2311. Doch was die Beiden sahen war noch viel düsterer und erschreckender. Die Welt, die sie einst kannten, war nicht mehr derselbe. Alles lag in Trümmern und der Asche der Verwüstung. Der Abendhimmel lag rötlich schimmernd am Horizont, und kündigte die Nacht an, die alles in Schwärze ohne Licht brachte. „Was ist hier geschehen"? Fragte Ela verzweifelt ihren Gefährten. Raven blickte entschlossen und suchend um sich. Da sah er noch in der Dämmerung eine bläulich schimmernde Schalttafel, die noch zu funktionieren schien. Er hob es auf, und aktivierte es. Das Gerät der Zukunft begann zu erzählen. „Vor Zweihundert Jahren eskalierte ein Krieg zwischen den Energiekonzernen um die Fusionstechnologie, die damals plötzlich entdeckt worden war. Niemand kannte den Ursprung dieser modernen Energien. Neue Rüstungs- und Waffentechnologien wurden erfunden. Sie brachten sich damit alle gegenseitig um. Die Welt, die mit Menschen und Tieren existierte, gibt es nicht mehr. Proximo." Ela weinte, und Raven umarmte sie tröstend.

„Wir müssen wieder in die Vergangenheit reisen. Wir können nichts mehr daran ändern was geschehen ist. Denn durch die Zeitparadoxie können wir keine Doppelexistenz ermöglichen. Wir können in der Vergangenheit nicht zweifach existieren." sprach er zu ihr beruhigend. Dann folgerte er hinzu, „Wir werden ganz weit in die Vergangenheit reisen. In die Antike, dort wo die Römer in Europa herrschten. Da wir aber in Köln am Rhein sind, werden wir entweder in der römischen Colonia Agrippina Claudia landen, oder bei den Germanen, die vorher da lebten." Ela stimmte dem zu. Während der Umarmung konzentrierten sie sich, und reisten schließlich weit in die Vergangenheit zurück. Doch sie kamen nicht da an. Denn plötzlich riss die Blase die Beiden ins All hinaus. Sie rematerialisierten sich in

einem Sternenschiff von Aliens. Die Aliens sahen aber aus wie Menschen, aber mit einer blauen Hautfarbe. Dann sprachen sie zu den ankommenden Zeitreisenden, „Seid Willkommen bei den Menschen der achten Kolonie des Delphy-Imperiums. Die Erde war nur eine Kolonie von vielen. Sie selbst wussten nichts von unserer Existenz. Ihr seid die einzigen Überlebenden. Und ihr seid auch die Auserwählten gewesen, die die Zeitreise durchführen konnten. Nun habt ihr es dummerweise geschafft diese Kolonie Erde zu zerstören. Unbeabsichtigt habt ihr die Zeit manipuliert. Sie ist leider nicht mehr änderbar. Kommt jetzt mit uns. Wir bringen euch zum Zentrum des Delphy-Imperiums Proximo."
„Proximo?" erinnerte sich erstaunt Raven...

Ein Rätsel, der scheinbar gelöst wurde.

Die Zukunft schien für die Beiden Zeitreisenden gesichert zu sein. Aber für die Erdmenschen ein für allemal und ewig verloren...

Noch einige Worte des Verfassers

Kraft meines schöpferischen Wirkens in Wort und Schrift, deren Mühe ich mir gemacht habe diese Episode an Geschichten aufzuschreiben, möchte ich mich bei allen Lesern herzlichst bedanken. Wenn Diskussionen oder auch Anregungen stattfinden, so würde es mich freuen davon zu erfahren.

Sie können mich mit meinen vollen Namen auch auf Facebook finden.

Simon Mihelic

Herstellung und Verlag:
BoD - Books on Demand, Norderstedt
ISBN 978-3-7357-5783-8